Widmung

Für Ina und Laura, meine beiden Musen,
die mit unvorstellbarer Geduld und mit vielen Anregungen
zum Werden dieses Werks beigetragen haben,
und in Erinnerung an meinen Vater.

Martin Schemm:

M.A., Jg. 1964, Studium der Geschichte und der Lateinischen Philologie des Mittelalters an der Universität Heidelberg, 1991 Examensarbeit zum Thema „Die Entstehung des Stammesherzogtums Schwaben", nach dem Studium berufliche Ausrichtung auf DV-Techniken, 4-jährige Tätigkeit in der Zentralen Informations- und Dokumentationsstelle der Dresdner Bank AG in Frankfurt am Main, seit 1997 beim Hamburgischen Datenschutzbeauftragten, seit 1998 Veröffentlichungen in Literaturzeitschriften und Sammelwerken.
Weitere Infos zum Autor unter www.martinschemm.de

Schriftenreihe des Stadtarchivs Heidelberg
Sonderveröffentlichung 11
Im Auftrag der Stadt Heidelberg
herausgegeben von Peter Blum

Bibliographische Information der Deutschen Bibliothek:
Die Deutsche Bibliothek verzeichnet diese Publikation in der Deutschen Nationalbibliographie; detaillierte bibliographische Daten sind im Internet über http://dnb.ddb.de abrufbar.

Titelgestaltung:
Designgruppe Fanz & Neumayer, Schifferstadt:
Michael Schug

Layout und Satz:
Designgruppe Fanz & Neumayer, Schifferstadt:
Michael Schug, Mirjam Browa

Illustration:
Designgruppe Fanz & Neumayer, Schifferstadt:
Michael Schug

Printed in Germany.
Diese Publikation ist auf alterungsbeständigem und säurefreiem Papier (TDF nach ISO 9706) gedruckt entsprechend den Frankfurter Forderungen.

Stadt Heidelberg

Edition Guderjahn
verlag regionalkultur

Korrespondenzadresse:
verlag regionalkultur
Stettfelder Straße 11 • 76698 Ubstadt-Weiher
Telefon (07251) 69723 • Telefax 69450
Internet: www.verlag-regionalkultur.de

Streng vertraulich !

Das HEIDENLOCH

Ein fantastisch-mythologischer Roman

von Martin Schemm

Geleitwort

Um den Heiligenberg und das Heidenloch in Heidelberg ranken sich seit Jahrhunderten mysteriöse Geschichten und alte Überlieferungen. Der Roman „Das Heidenloch" nimmt diese volkstümlichen Mythen auf. Er basiert teilweise auf Tatsachen und bedient sich genauso des Mittels der Fiktion.

So ist ein spannender Roman entstanden, der nicht nur Geheimnisse über den Heiligenberg lüftet, sondern auch das Heidelberger Stadtleben heute und zur Jahrhundertwende in die Handlung einbezieht: Geschichtliche Fakten, Heidelberger Persönlichkeiten und alte Legenden sind in den Roman verflochten.

Ausgangspunkt der Handlung ist die Entdeckung einer Geheimakte aus dem Jahre 1907. Dokumente mit dem Aufdruck „Streng vertraulich" wecken die Neugier eines Archivars. Er ist so in den Bann dieser Akte gezogen, dass er beginnt die Ereignisse zu rekonstruieren. Daraus entsteht eine mysteriöse Geschichte, die einen nicht mehr loslässt. Mit jeder gelesenen Seite steigt die Spannung und wird mehr Einblick in die geheimnisvollen Vorgänge gewährt.

Dieses Buch rund um das Heidenloch kann Leserinnen und Leser neugierig auf unsere kulturhistorisch interessante und landschaftlich reizvolle Umgebung machen und dazu motivieren, selbst auf „Entdeckungsreise“ zu gehen. Es wird Jugendliche ebenso ansprechen wie stadtgeschichtlich Interessierte.

Ich freue mich über diese Weiterführung der losen Reihe zur Heidelberger Geschichte, die die Vergangenheit unserer Stadt in besonders anschaulicher Weise lebendig werden lässt und mit dem Kinderbuch „Spuk in Heidelberg“ begann.

Ich danke allen, die mit ihrer Arbeit dazu beigetragen haben, uns diese spannende Geschichte zu erschließen. Mein besonderer Dank gilt dem Autor Martin Schemm, der seine Kindheit in der Nähe von Heidelberg verbrachte und hier auch sein Geschichtsstudium absolvierte. Außerdem möchte ich der Designgruppe Fanz & Neumayer, Schifferstadt, für die gelungene Gestaltung, dem Verlag Brigitte Guderjahn sowie dem Herausgeber danken.

Dem Buch wünsche ich viele „entdeckungsfreudige“ Leserinnen und Leser, die Lust bekommen, ihre Heimat neu zu erkunden.

Beate Weber
Oberbürgermeisterin

Vorwort des Herausgebers

Eher zufällig als planvoll macht ein Archivar einen bestürzenden Fund: Eine Geheimakte aus dem Jahr 1907. Mit dem Studium dieser Akte erschließen sich bedrückende Geschehnisse, die sich zu Anfang dieses Jahrhunderts auf dem Heiligenberg zutrugen, ja deren latente Bedrohung noch für die Gegenwart alsbald zur realen Gewissheit wird ...

So beginnt eine fiktionale Geschichte. Blatt für Blatt, Schriftstück für Schriftstück – wie der Forscher im Rahmen einer üblichen Archivbenutzung – recherchiert bzw. „erliest" sich der Archivar – und mit ihm die Leserinnen und Leser – die Geschehnisse des Jahres 1907 aus den Akten. Wer schon einmal archivisches Aktenstudium betrieben hat, wird bestätigen können, dass die Zurückverfolgung früherer Vorgänge, Zustände oder Ereignisse bisweilen auch an kriminalistische Spurensuche erinnert und durchaus spannend sein kann. Und das mag bei Leserinnen und Lesern vorhandene Hemmschwellen gegenüber einer Archivbenutzung abbauen helfen. Merke! Denn ein Archiv verwahrt keineswegs ausschließlich Geheimakten, die z.B. aus rechtlichen Gründen erst nach Ablauf längerer Sperrfristen eingesehen werden können. So gilt doch grundsätzlich: Bürgerinnen und Bürger haben eine – zumal gesetzlich oder satzungsmäßig – verbriefte Nutzungsberechtigung. Schließlich dient das Archiv der Rechtssicherung des Staates, der Stadt bzw. Gemeinde *und* den Bürgerinnen und Bürgern; und es bietet die Unterlagen für die wissenschaftliche Forschung wie für Arbeiten zur Orts- und Heimatgeschichte an. Dies als Hinweis und Ermunterung in eigener Sache.

In diesem Buch wird auf konkrete Lokalitäten, geschichtliche Fakten sowie auf überlieferte Legenden Bezug genommen. Die in der erdachten Romanhandlung zur Entschlüsselung der rätselhaften Vorgänge auf dem Heiligenberg bemühte historische Forschung und die philologische Suche in der antiken Mythologie lassen die gewählten durchaus realen Örtlichkeiten in einem veränderten Licht erscheinen. Diese Mischung aus bekannten Schauplätzen und Lokalkolorit, aus Realem und Fiktionalem trägt den Keim in sich, Neugierde zu wecken, womöglich gar das eigene Bild und die Erinnerung sowohl an Örtlichkeiten wie auch an die lokale Geschichte aufzufrischen.

Dieser Ansatz, gewissermaßen über eine fiktionale Erzählung auf unerwartete Weise Zugang zu einem Baustein eigener Lokal- und Heimatgeschichte zu finden, ist zugleich ein Anliegen des Buchs. Und in diesem Sinne ist das „Heidenloch" die konsequente Fortsetzung der schon 1996 mit der Veröffentlichung eines Kinderbuchs („Spuk in Heidelberg") in dieser Reihe gezeigten Ambitionen.

Ein Archiv soll „leben" – und keine verstaubte Altaktenablage sein. Es sollte stets für eine Überraschung gut sein und eben auch mit ungewöhnlichen Beiträgen auf sich und sein im Dienst der Allgemeinheit stehendes Dienstleistungsangebot aufmerksam machen dürfen.

Ist auch das Genre eines „Mystery-Romans" nicht eben spezifisch für ein Archiv und die Themen seiner Schriftenreihen, so atmet die darin ausgebreitete Atmosphäre dennoch „Archivluft". Die Bestände eines Archivs dokumentieren zwar keineswegs nur alte Sagen und Legenden und bieten damit brisanten Stoff für Fiktionales, sondern vielmehr sehr reale, gleichwohl vergangene Vorgänge. Aber eben diese zu recherchieren erweist sich in der Praxis gar nicht selten als packender als die spannend angelegte Fiktion selbst.

Schließlich möchte ich allen am Buch Beteiligten Dank sagen für deren Mut und Engagement, allen voran dem Autor Martin Schemm, der Designgruppe Fanz & Neumayer, die sich angesichts des nicht leichten Sujets um die Gestaltung des Buchs ebenso verdient gemacht hat wie Herr Eberhard Guderjahn vom Verlag Brigitte Guderjahn um eine verlegerisch jederzeit vorbildliche Betreuung.

Dr. Peter Blum
Stadtarchivdirektor

Inhalt

Tiefburg und
Graham-Garten
Handschuhsheim
Chaisenweg
Michaelskloster
Heiligenberg
Biehlerweg
Stephanskloster
Heidenloch
Aussichtsturm
Philosophenweg
Neuenheim
Neckar
Altstadt Heidelberg

Heiligenberg.
Das Heydenloch.

Prolog

Der Fund

Die Entdeckung war – das liegt wohl in der Natur der Sache – ein reiner Zufall. Gerade hatte ich ein dickes, verschnürtes Aktenbündel aus dem staubüberzogenen Eisenregal genommen, als mir in der entstandenen Lücke ganz hinten, schräg an die Regalrückwand gepresst, jene Mappe ins Auge fiel. Ich setzte das Bündel auf dem Boden ab und ergriff die unscheinbare, graue Akte. Im Glauben, es handele sich um ein versehentlich nach hinten geschobenes oder aus einem höheren Regalboden herabgerutschtes Archivstück, suchte ich nach einer Signatur, um es gegebenenfalls an seinen ursprünglichen Platz zurückzustellen. Doch es war keinerlei Signatur oder archivarisches Zeichen auf dem Aktendeckel zu finden. Kurzentschlossen legte ich den Fund auf das dicke Bündel und machte mich mitsamt meiner schweren Last auf den Weg zu meinem Büro.

Vorbei an den hohen, bis zur Decke gefüllten Regalen ging ich durch das riesige Archivmagazin, das sich auf insgesamt fünf Stockwerke verteilt. Das dämmerige Halbdunkel in den langen Gängen und die über allem liegende Stille wirkten auf mich – wie meistens, wenn ich hierher komme – beruhigend. Jedes Mal fühle ich mich aus der realen Welt „draußen" entrückt in ein zeitloses Vakuum – selbst das Gefühl für die Tageszeit geht verloren. Wenn man Archivaren oder Historikern oft ein weltfremdes Dasein im „Elfenbeinturm" nachsagt, dann kann ich solche Charakterisierung an diesem Ort voll und ganz nachvollziehen. Ein Gang durch die Regalreihen ist wie eine Zeitreise – links und rechts vom Betrachter stehen in handlicher Form Episoden aus der Geschichte. Dicht gedrängt und in die Höhe gestapelt, gibt es hier auf den fünf Stockwerken des Generallandesarchivs in Karlsruhe Dokumente von der Merowingerzeit bis heute, wobei die Zeitachse vertikal nach oben gerichtet ist. Das Älteste im Erdgeschoss, das Jüngste in luftiger Höhe – ein aufwärtsstrebender Gang der Geschichte.

Nach wenigen Minuten erreichte ich die dunkelgraue, feuersichere Metalltür, die das Archivmagazin vom angrenzenden Verwaltungsgebäude trennt. Mit einigem Kraftaufwand zog ich die schwere Tür auf und trat über die Schwelle. Der muffig-staubige Geruch blieb zurück, als die Tür hinter mir ins Schloss fiel. Ein Blick auf die Uhr zeigte mir, dass es bereits kurz vor sechs war und damit Zeit, den Arbeitstag zu beenden. Ich ging den langen Hauptgang des Verwaltungsgebäudes entlang, an dem auch mein Büro liegt. Dort angekommen, legte ich den voluminösen Aktenstoß auf meinen Schreibtisch. Das große verschnürte Bündel, das ich zur Bearbeitung mitgebracht hatte, schob ich beiseite, und nahm stattdessen die graue Faltmappe in die Hände. Dies geschah zum einen aus reiner Neugier, zum anderen in der unbewussten Hoffnung auf eine willkommene Abwechslung vom üblichen Arbeitsalltag.

Nachdem ich noch einmal auf Vorder- und Rückseite vergeblich nach einer Signatur gesucht hatte, beschloss ich, mir die Akte vor dem Nachhausegehen noch kurz anzusehen. Sie war grau und bestand aus verstärktem Karton, wobei der obere und der untere Aktendeckel durch ein schwarzes Leinenband zusammengehalten wurden, das mit einer Schleife verknotet war. Insgesamt waren kaum Spuren der Benutzung erkennbar. Ich öffnete die Schleife des Bandes, klappte den oberen Aktendeckel seitwärts auf und warf einen flüchtigen Blick auf das Schriftstück, das obenauf lag; darunter war ein umfangreicher Stapel an Dokumenten zu erkennen. Sofort fiel mir ein roter Stempelaufdruck in der rechten, oberen Ecke des amtlich wirkenden Schreibens auf: „Streng vertraulich“. Des Weiteren erkannte ich das Löwenwappen der Stadt Heidelberg im Kopfteil des Dokuments. Meine Neugier war nun zwar geweckt, wenngleich solche VS-Vermerke für einen Archivar generell keine Seltenheit darstellen. Ich beschloss, die Lektüre auf den nächsten Tag zu verschieben, da ich sonst wieder einmal viel zu spät nach Hause kommen würde. Mit einer gewissen Vorfreude verließ ich schließlich das Archiv.

Voller Enthusiasmus betrat ich früh am nächsten Morgen mein Büro, setzte mich an den Schreibtisch und zog die verstaubte Mappe erneut zu mir heran. Mit dem Lesen der ersten Zeilen tauchte ich ein in das ungeahnte Geheimnis meines Fundes. Die Sichtung des gesamten Materials nahm den ganzen Tag in Anspruch; erst am frühen Abend legte ich das letzte Schriftstück aus der Hand. Die Stunden waren verflogen in atemloser Spannung und stetig wachsendem Entsetzen. Mit beendeter Lektüre fiel zugleich die feste Entscheidung, dieses ungeheuerliche Material an die Öffentlichkeit zu bringen.

Was in dieser Akte niedergelegt ist, übersteigt jegliche Vorstellungskraft und ist dazu angetan, jedes noch so fundierte Weltbild grundlegend in Frage zu stellen. Die hier zu Tage tretende fantastisch-mythische Ungeheuerlichkeit lässt keinen Zweifel daran, dass selbst unser modernes Verständnis nicht in der Lage ist, eine solche Dimension der Wirklichkeit zu begreifen. Die geschilderten Ereignisse passen auf Grund ihres surreal wirkenden Charakters nicht in unsere Vorstellungswelt. Vielmehr erschüttern sie die Grundpfeiler menschlicher Erkenntnis und erwecken verloren geglaubte Urängste zu neuem Leben. Ich kann sehr gut verstehen, dass diese Akte damals unter Verschluss blieb; sie hätte Angst und Chaos heraufbeschworen. Heute, über neunzig Jahre nach den geschilderten Ereignissen, aber ist es für mich ganz im Gegenteil eine Pflicht, die Öffentlichkeit aufzuklären, damit man die unglaublichen Geschehnisse genauer wird erforschen und – so ist zu hoffen – verstehen können. Nur so ist eine zufrieden stellende Interpretation zu finden, die in der Lage sein wird, adäquat mit der schrecklichen Wahrheit umzugehen und diese – was ich mir aber nur schwerlich vorstellen kann – in unsere Weltanschauung zu integrieren. Doch auch entschlossenes, rasches Handeln wird gefordert sein, denn durch eigene Nachforschungen und Beobachtungen im Anschluss an das Aktenstudium hat sich der beängstigende Verdacht ergeben, dass eine schreckliche Bedrohung jederzeit konkrete Wirklichkeit werden kann.

In diesem Sinne lege ich die geheimnisvolle Akte nun ungekürzt der Öffentlichkeit vor. Natürlich bin ich mir hierbei der Gefahr bewusst, dass mir keiner Glauben schenken könnte – eine schreckliche Vorstellung, die mich mit großer Angst erfüllt. In unserer entmythologisierten Gesellschaft mit ihrem materialistischen Zeitgeist könnte ich als einsamer Rufer in der Wüste dastehen, von allen belächelt, wenn nicht gar ignoriert. Doch die Bedeutungsschwere meiner Entdeckung lässt mir keine Wahl: Ich muss mich an die Öffentlichkeit wenden und auf Verständnis und Handlungsbereitschaft hoffen.

Zunächst möchte ich noch einige formale und editorische Anmerkungen vorausschicken. Das Erste, was dem Betrachter nach dem Öffnen der Mappe ins Auge fällt, ist das rote „Streng vertraulich“ auf dem obersten Blatt, das ich bei meinem ersten flüchtigen Blick bereits gesehen hatte. Auf der Innenseite des Aktendeckels findet sich in Großbuchstaben der Aufdruck „Innenministerium Des Grossherzogtums Baden“ und darunter, handschriftlich: „Der Fall Heidenloch; Handakte Vogler“. Die Akte enthält in loser Form über einhundert Seiten Text, wobei die einzelnen Schriftstücke – Schreiben, Berichte und Protokolle – ohne Heftung aufeinander liegen und teils mit Schreibmaschine, teils per Hand geschrieben sind.

Ich habe den Inhalt der Akte in der Reihenfolge wiedergegeben, wie er sich mir beim Lesen präsentierte. Dadurch ist auch die Chronologie der Ereignisse gewahrt. Die Entwicklung des Geschehens erklärt sich aus den Schriftstücken selbst, sodass ich auf eigene Kommentare verzichten konnte. Ursprünglicher Besitzer und Benutzer dieser Mappe war der an der Untersuchung der Vorkommnisse beteiligte hohe Beamte des Badischen Innenministeriums, Ministerialrat Gustav Vogler. Er hat die Akte durch Sammlung der relevanten Schreiben in der vorliegenden Form zusammengestellt. Aus Gründen des dokumentarischen Umgangs mit dem zum Teil in Schreibenform vorliegenden Material sind den einzelnen Schriftstücken formale Beschreibungen und Datierungen vorangestellt; in einzelnen Fällen wurden verzichtbare Schreibenfloskeln gekürzt oder ganz ausgelassen. Weitere Streichungen oder Kürzungen, vor allem am Text selbst, wurden nicht vorgenommen. Die Einteilung des Materials in fünf Kapitel dient, so hoffe ich, der Übersichtlichkeit. In einem abschließenden Epilog sind die beunruhigenden Ergebnisse meiner eigenen Nachforschungen ausgeführt. Um ortsunkundigen Lesern eine Hilfe an die Hand zu geben, habe ich eine kleine Kartenskizze der Schauplätze beigefügt und einige Literaturhinweise ans Ende des Textes gestellt.

I

Mosaiksteine

Eilbrief des Oberbürgermeisters der Stadt Heidelberg, Dr. Carl Wilckens, an das Innenministerium des Großherzogtums Baden in Karlsruhe vom 26. Juni 1907:

Verteiler:	***1. Innenministerium Karlsruhe***
	2. Polizeidirektion Heidelberg
Anlage:	***Polizeiliche Berichte und Zeugenaussagen***
Stempelvermerk:	***Streng vertraulich***

„Betr.: Bildung einer Untersuchungskommission bezüglich vermeintlich krimineller Umtriebe auf dem Heiligenberg bei Heidelberg.

Sehr geehrte Damen und Herren,

auf Grund bislang noch ungeklärter, möglicherweise verbrecherischer Vorkommnisse in ungewöhnlich hoher Zahl, die sich seit Mitte Juni diesen Jahres sämtlich auf das Umfeld des nördlich der Stadt Heidelberg gelegenen Heiligenbergs konzentrieren (siehe Anlage), möchte ich in meiner Funktion als Oberbürgermeister der Stadt Heidelberg in Ihrem Ministerium um Mithilfe bei der Aufklärung bitten. In Rücksprache mit dem Polizeidirektor der Stadt Heidelberg, Kurt Lamers, schlage ich angesichts der Fülle und Schwere der Vorfälle die Bildung einer Untersuchungskommission vor, die unter Mitwirkung Ihres Ministeriums geeignete Schritte zur Aufklärung ausarbeiten soll. Neben den im Verteiler genannten Stellen könnten herangezogene Gutachter die Arbeit der Kommission unterstützen. Unseres Erachtens sollte auf Grund der Brisanz und der Rätselhaftigkeit der Ereignisse in jedem Fall zunächst Geheimhaltung gewahrt werden, da eine Beunruhigung der Bevölkerung vermieden werden sollte.

Beiliegend übersende ich Ihnen zur Vorabinformation und Meinungsbildung die polizeilichen Berichte und Zeugenaussagen über die oben genannten Vorkommnisse.

Für eine möglichst rasche Stellungnahme Ihres Ministeriums bezüglich einer Beteiligung an der Kommission wäre ich sehr verbunden.

Hochachtungsvoll
Dr. Carl Wilckens
Oberbürgermeister"

❖

Polizeilicher Bericht mit Sammlung bezeugter Beobachtungen und Schreibendokumente bezüglich des Heiligenbergs. Berichtszeitraum: 22.-26. Juni 1907. Erstellt von Inspektor Wilhelm Schanz, Leiter des Sonderdezernats:

„Seit dem 22. Juni 1907 häuften sich in den verschiedenen Polizeidienststellen der Stadt Heidelberg Meldungen, die von Seiten der Bevölkerung, einiger Institutionen und von Seiten ermittelnder Beamter gemacht wurden und sich alle auf den Heiligenberg bezogen. Handelte es sich anfänglich noch um Hinweise, die man als vereinzeltes Randaliertertum hätte interpretieren können, so zeigte sich bald eine solche Rohheit und Brutalität in den Geschehnissen, dass eher an einen geisteskranken Täter zu denken war.

Die Polizeidirektion bildete daraufhin am 25. Juni unser Sonderdezernat, das die Meldungen zentral koordinieren und untersuchen soll. Als Leiter dieser Gruppe habe ich nach eingehender Sichtung des gesamten Materials im Folgenden die signifikantesten Vorfälle aufgelistet.

Zum besseren Verständnis der Örtlichkeiten hier kurz zur Topographie des Heiligenberges. Dieser südliche Ausläufer des Odenwalds hat die Form eines länglichen, vollkommen bewaldeten Bergrückens, der sich in einen niedrigeren Vorberg und einen 443 Meter hohen Hauptberg abstuft. Er liegt Heidelbergs Altstadt genau gegenüber, wobei zwischen beiden der Neckar sein breites Flussbett hat. Der Fahrweg, der von der Teilgemeinde Handschuhsheim über den Westhang hinaufführt, erreicht zunächst den Vorberg, auf dem die Ruinen des Stephansklosters, ein Aussichtsturm und eine alte Zisterne – das so genannte Heidenloch – liegen. Von dort aus schlängelt sich der Weg hoch auf den Hauptberg, der von den Ruinen des Michaelsklosters gekrönt ist.

Die im Folgenden aufgeführten Berichte und Meldungen bilden nur eine stellvertretende Auswahl; die Texte sind entsprechend ihrer inhaltlichen Bedeutung gekürzt. Von einer kriminalistischen Bewertung des Materials habe ich an dieser Stelle bewusst abgesehen, denn es sollte hier zunächst einmal nur eine Zusammenschau der beobachteten Ereignisse erfolgen."

❖

Protokollierte Aussage der Studenten Wilhelm Neuber, Heinrich Roth und Otto Mannstein auf der Polizeiwache Altstadt vom 22. Juni 1907:

„... Den Abend hatten wir gemeinsam mit einigen anderen Mitgliedern der Verbindung ‚Rupertia' in unserem Stammlokal, dem Cafè Knösel, verbracht. Da die Nacht sommerlich warm und angenehm war, beschlossen wir drei, noch eine späte Runde über den Philosophenweg zu machen, um das nächtliche Panorama Heidelbergs über den Neckar hinweg zu bewundern. Wir brachen etwa gegen halb elf Uhr auf und hatten, nachdem wir über die Alte Brücke und den Schlangenweg den unteren Hang des Heiligenbergs hinaufgestiegen waren, unser Ziel nach einer guten halben Stunde erreicht.

Nachdem wir bereits einige Minuten über den Philosophenweg in Richtung Neuenheim gegangen waren und einmal mehr für einen Rundblick über die schwach erleuchtete Stadt angehalten hatten, begann ein lauter werdendes Gemenge an Geräuschen unsere Aufmerksamkeit zu erregen. Klang es anfänglich noch wie das Rauschen von Ästen und Blättern in einer heftigen Windböe, so veränderte es sich bald zu einem Lärm, der mehr an die krachenden und knirschenden Geräusche des Holzfällens erinnerte.

Dieser Vorgang dauerte einige Minuten an, und wir versuchten währenddessen, den Herd der immer lauter werdenden Geräusche zu lokalisieren. Sie kamen eindeutig von einem Ort weit oberhalb unserer eigenen Position, also vom oberen Hang des Heiligenbergs. So sehr wir uns auch mühten, wir konnten in der Dunkelheit natürlich nichts erkennen, zumal der Berghang über uns vollständig bewaldet war.

Wir rätselten irritiert über die Ursache dieses Spektakels und diskutierten gerade die Möglichkeit eines nächtlichen, forstamtlichen Holzeinschlags, als sich die Situation plötzlich veränderte und vollends dramatisch wurde. Denn inmitten des Krachens von berstendem Holz ertönten nun schrille, panische Schreie und heulende Rufe, die uns unfreiwilligen Zuhörern Schauder über den Rücken jagten. Es waren schreckliche, wilde Zeugnisse von Angst und Todesqual, und sie stammten unverkennbar von Tieren. Wer je ein Tier in den letzten Momenten vor seinem Tod gehört hat – wie zum Beispiel Schweine vor der Schlachtung –, wird sich vielleicht ein annäherndes Bild von diesem grausigen Klangschauspiel machen können.

Nach nur ein oder zwei Minuten endeten diese animalischen Schreie relativ abrupt, und kurz darauf verklangen auch die Geräusche krachenden Holzes. Sprachlos und erschrocken hatten wir den grässlichen Schreien gelauscht, und wir verharrten noch immer regungslos, als bereits wieder die gewohnte nächtliche Stille über dem Südhang des Heiligenbergs lag. Erst nach einigen Augenblicken hatten wir unsere Fassung wiedererlangt.

Da ein Nachforschen angesichts der Dunkelheit und der nur vagen Lokalisierung der Lärmquelle aussichtslos erschien, setzten wir schließlich unseren Gang über den Philosophenweg fort, wobei wir nun das Panorama Heidelbergs nicht mehr beachteten, sondern völlig vertieft waren in Überlegungen und Vermutungen über jene seltsamen Geschehnisse. Wir beschlossen, den Vorfall am folgenden Morgen, also heute, der Polizei mitzuteilen ..."

❖

Schreiben des Forstamtes Handschuhsheim an die örtliche Polizeidienststelle vom 23. Juni 1907:

„... Als zuständiges Amt für den Forstbezirk Heiligenberg möchten wir Ihnen hiermit Beobachtungen zur Kenntnis bringen, die wir auf dem Vorberg des Heiligenbergs gemacht haben. Sie betreffen dortige Verwüstungen und Tiertötungen, die unserer Meinung nach als ein Akt von Vandalismus beziehungsweise als Landfriedensbruch anzusehen sind.

Bei einer Routineinspektion am gestrigen Tag fielen dem Forstmeister Kreiss im näheren Umfeld der verfallenen Ruinen des Stephansklosters eine ungewöhnliche Menge an Tierkadavern auf, die merkwürdigerweise alle keinen Kopf mehr hatten. Es handelte sich um einen Fuchs, zwei Kaninchen und zwei Rehe, die offenbar erst vor kürzester Zeit getötet worden waren. Sie lagen verstreut im Wald um die Klosterruinen, als wären sie dorthin geworfen worden. Wenngleich von den Köpfen keine Spur zu finden war, konnte man die Blutspuren in weitem Umkreis finden: nicht nur an den Ruinenmauern, sondern auch am und auf dem Aussichtsturm und in der Nähe des alten Brunnenschachts.

Bei Betrachtung der Kadaver stellte Forstmeister Kreiss fest, dass die Köpfe keineswegs durch einen Schnitt abgetrennt, sondern vielmehr mit brutalster Gewalt abgerissen worden sein mussten. Die Knochen waren abgesplittert, und die Haut, Muskeln und Sehnen hingen lose aus dem Halsstumpf heraus. Dieses bestialische Wüten konnte nur mit unvorstellbarer Kraft ausgeführt worden sein und könnte daher auf ein großes Raubtier hinweisen – wie einen Bären, den es in unserer Region allerdings schon lange nicht mehr gibt – oder auf einen äußerst sadistischen Tierquäler, der mit großer Brutalität vorgegangen sein musste.

Eine Begehung des Aussichtsturmes brachte keine weiteren Hinweise, genauso wenig wie die Durchsuchung der inneren Anlage der Klosterruine. Im Umfeld um die alte, eingemauerte Zisterne war lediglich festzustellen, dass das Gras zertreten war; weiterführende Spuren waren nicht zu entdecken. Generell war allerdings noch festzustellen, dass fast auf dem gesamten Vorberg das Unterholz stark verwüstet war und häufig die unteren Äste und Zweige der Bäume abgebrochen oder heruntergerissen waren. Der ganze Wald machte einen desolaten Eindruck, so als habe dort eine mächtige Naturgewalt gewütet. Nach Beendigung seiner Untersuchung schließlich hat Forstmeister Kreiss noch die verstümmelten Tierkörper vergraben.

Soweit zu unseren Beobachtungen; wir bitten um Kenntnisnahme und werden Sie informieren, wenn wir weitere Anhaltspunkte finden sollten. Eine gesonderte Untersuchung von polizeilicher Seite dürfte kaum mehr zu Tage fördern können und sich von daher erübrigen ..."

❖

Protokollierte mündliche Aussage des Karl Zehr auf der Polizeiwache Bismarckplatz vom 23. Juni 1907:

„... Ja, ich mache fast jeden Tag einen Spaziergang in Heidelbergs Umgebung – inzwischen kenne ich die Gegend hier sehr gut.

Heute Morgen habe ich mir einmal die andere Neckarseite vorgenommen. Ich bin vom Tal zum Philosophenweg aufgestiegen und habe mir die neue Bismarck-Säule neben dem alten Neuenheimer Steinbruch angesehen – die ist ja erst vor vier Jahren dankenswerterweise durch den Stadtrat Busch errichtet worden. Von dort aus bin ich dann schräg hoch auf den Vorberg des Heiligenbergs gestiegen und erreichte die Klosterruine St. Stephan mit dem daneben gelegenen schönen Aussichtsturm. In der Absicht, von den Turmzinnen aus das Panorama der Stadt Heidelberg zu betrachten, stieg ich die steinerne Wendeltreppe empor.

Doch kaum hatte ich die runde Aussichtsplattform betreten, als ich schockiert feststellte, dass der Boden und die Brüstungsmauer über und über mit Blut besudelt waren. Fassungslos starrte ich um mich und empfand eine große Angst. Dann sah ich die toten Vögel – wohl an die zehn Stück. Sie waren offenbar bei einer Art von ritueller Abschlachtung zu Tode gekommen, denn sie lagen nebeneinander zu einem Kreis aufgereiht, und allen fehlte der Kopf. Die blutigen Hälse waren auf das Zentrum des Kreises ausgerichtet – es erinnerte mich entfernt an ein Sonnenrad. Angeekelt und zu Tode erschrocken stürzte ich die Treppe hinunter.

Nachdem ich mich am Fuß des Turmes von dem Schock etwas erholt hatte, stieg ich schließlich wieder bergab und kam hierher, um diese furchtbare und barbarische Tierquälerei zu melden ..."

❖

Auf der Polizeiwache Handschuhsheim protokollierter mündlicher Bericht des Anwohners Friedrich Dilger vom 24. Juni 1907:

„... haben wir uns entschlossen und halten es für unsere bürgerliche Pflicht, die Polizei von den mysteriösen Vorkommnissen der letzten Nacht in Kenntnis zu setzen. Was die Verwüstungen auf unserem Grundstück anbelangt, so erwägen wir eine Anzeige gegen unbekannt.

Unser Haus steht als das letzte Gebäude am nordöstlichen Ortsrand von Neuenheim direkt am Fuße des Heiligenbergs. Die Straße endet an unserem Grundstück, zu dem ein großer Garten gehört. Da hier keine Straßenbeleuchtung existiert, herrscht nachts eine tiefe Dunkelheit.

Wir waren gestern Abend zeitig zu Bett gegangen, wobei ich wie üblich nochmal nach unserem Hund gesehen hatte, der in einer Art hölzernem Verhau unter der Außentreppe logiert.

Er war an der Kette, und er verabschiedete mich freundlich. Nach langem Schlaf schreckte ich plötzlich auf – ein Blick auf den Wecker zeigte mir, dass es kurz vor vier Uhr war. Was mich geweckt hatte, wusste ich nicht, und gerade wollte ich mich wieder hinlegen, als ich den Hund unten drohend knurren hörte. Das Gerassel der Kette verriet mir, dass er auf und ab ging. ‚Was ist denn los´, fragte meine Frau, die inzwischen auch wach geworden war. ‚Ich habe keine Ahnung, aber ich werde mal nachsehen', entgegnete ich und sah aus dem Fenster auf den Vorgarten, konnte in der Finsternis aber nichts erkennen.

Ab diesem Moment überschlugen sich die Ereignisse, da sich das Geschehen an mehreren Stellen zugleich abspielte. Zuerst war da der durchdringende Schrei unseres Sohnes Tobias, dessen Zimmer unter dem Dach liegt und auf den rückwärtigen Garten am Berghang geht. Schockiert rannte ich die Treppe hoch, riss seine Zimmertür auf und sah ihn zusammengekauert am Fenster stehen. Ohne sich nach mir umzudrehen, wies er wortlos mit dem Arm hinaus in die Finsternis jenseits der Glasscheibe.

Zunächst konnte ich nichts sehen, aber nach kurzer Zeit schien es mir, als bewegten sich baumhohe, schmale, pechschwarze Schatten vor dem dunklen Hintergrund des Berghangs. ‚Sie wollen zu uns', sagte Tobias mit gepresster Stimme. Ich konnte nicht antworten, sondern versuchte krampfhaft, die Konturen deutlicher zu erkennen. In diesem Augenblick erklang ein hölzernes Krachen und Knirschen von solcher Stärke, dass ich es nicht zu deuten wusste. Doch es blieb keine Zeit zum Überlegen, denn fast zeitgleich hörte ich den Hund. Sein lautes, lang gezogenes und schmerzerfülltes Jaulen war ein einziger Ton der Todesverzweiflung. Sofort lief ich los, um schnell bei ihm zu sein. Als ich die Treppe hinunterstürzte, hörte ich von oben Tobias´ Stimme: ‚Sie haben den Kirschbaum umgerissen.'

Als ich unten an der Haustür ankam, endete das Jaulen des Hundes abrupt, und es folgte ein knirschend-reißendes Geräusch. Anschließend herrschte eine beklemmende Stille draußen. Meine Frau trat mir in den Weg: ‚Geh nicht hinaus! Irgendetwas Höllisches treibt sich da draußen herum – es wäre glatter Wahnsinn.' Inzwischen war Tobias heruntergekommen und blickte uns aus aschfahlem Gesicht an. Ich nickte meiner Frau zu, und wir gingen in den Wohnraum. Wir setzten uns, meine Frau machte Tee, und schweigend warteten wir so auf das Kommen des Tages; ich bedauerte, dass unser Haus noch immer keinen Telefonanschluss hatte, denn ansonsten hätten wir in dieser Notlage hier bei Ihnen anrufen können.

Die geschilderten Ereignisse mochten sich innerhalb von etwa zwanzig Minuten abgespielt haben – jedenfalls drang schon bald das helle Grau der Morgendämmerung zu uns herein. Da von draußen schon seit einiger Zeit keine Geräusche mehr zu vernehmen waren, glaubte ich, dass die Gefahr – was auch immer es gewesen sein mochte – vorüber sei. ‚Ich muss nachsehen, was passiert ist, und vor allem, wie es Wolf geht', sagte ich schließlich und ging zur Haustür.

Langsam öffnete ich die Türe und spähte hinaus in das blasse Grau des Morgens. Schon beim ersten Blick in die Runde sah ich, dass Rasen und Blumenbeete des Vorgartens völlig zertrampelt waren – ein Schlachtfeld. Der darauf folgende Rundgang um das Haus wurde zu einer Bestandsaufnahme des Grauens. Von der Treppe aus beugte ich mich zum Verhau hinunter – er war leer. Mit den Augen verfolgte ich die im Rasen liegende Kette, die plötzlich im Gras einfach endete. Das Halsband war noch ungeöffnet daran befestigt. Hinübergehend hob ich es auf und sah, dass es blutverschmiert war. Ich musste schlucken und blickte ratlos und voller Angst um mich. Das Gras und die Beete waren zerfurcht und verwüstet, doch ansonsten war nichts Auffälliges zu entdecken. Ich ging seitlich am Haus entlang, um mich auch dort umzusehen, als mir im dämmerigen Morgenlicht ein großer Fleck auf der weißen Hauswand ins Auge fiel. Er war rot. Darunter lag am Fuß der Wand eine formlose braune Masse. Ich ging hinüber, und noch bevor ich mich hinunterbeugte, wusste ich, dass es der Hund war. Ein Würgen unterdrückend, drehte ich ihn herum und musste entsetzt feststellen, dass sein Kopf fehlte – er war schlichtweg abgerissen. Der Körper sah aus, als hätte man ihn nach der brutalen Tötung einfach an die Wand geworfen; der Kopf des Hundes war nicht zu finden.

Benommen ging ich schließlich in den hinteren Garten, sah auch hier überall Spuren der Zerstörung und stand fassungslos vor dem entwurzelten Kirschbaum, der umgerissen auf der Wiese lag; das tiefe Wurzelloch war einige Meter davon entfernt. Wie konnte ein fast fünf Meter hoher Baum aus der Erde gerissen und an ganz anderer Stelle niedergelegt worden sein?

Was ansonsten auffiel, war die Tatsache, dass die Spuren der verwüsteten Natur auch jenseits des Gartens am Berghang zu beobachten waren. Ich konnte die ramponierten Büsche und Sträucher und das heruntergerissene Astwerk der Bäume noch einige Meter hangaufwärts erkennen, bis sie sich schließlich unter dem dunklen Blätterdach des Waldes dem Blick entzogen.

Ich brauche abschließend kaum zu betonen, dass wir vor einem Rätsel stehen. Die fürchterlichen Geschehnisse, unsere vagen Beobachtungen vom Fenster aus – alles das ist mysteriös und, was unseren Hund anlangt, grauenhaft und schrecklich. Wir bitten Sie, sich vor Ort einen Eindruck zu verschaffen und, wenn dies möglich ist, zu unserer Beruhigung und Sicherheit eine nächtliche Streife einzusetzen ..."

❖

Zeugenaussage des Führers der Mannheimer Wandervogelgruppe „Wotan", Felix Dausmann, vor der Staatsanwaltschaft des Landgerichts Heidelberg am 25. Juni 1907:

„... Wie in jedem Jahr während der großen Schulferien haben wir auch heuer ein viertägiges Zeltlager in freier Natur veranstaltet. Unsere Gruppe bestand neben mir aus sieben Jungen im Alter zwischen elf und vierzehn Jahren, die alle bereits vorher schon einmal an einer solchen ‚praktischen Überlebensübung' teilgenommen hatten. Die Bezeichnung mag dramatisch klingen, beschreibt aber lediglich das Zelten im Freien, das Kennenlernen der Natur, den Umgang mit Karte und Kompass, das Anlegen einer Feuerstelle und dergleichen mehr.

Am 23. Juni waren wir in Mannheim aufgebrochen, hatten ein erstes Lager in der Nähe von Ladenburg am Ufer des Neckars aufgeschlagen und waren gestern weitergegangen in Richtung Heiligenberg, den wir am Nachmittag erreichten. Über den Vorberg stiegen wir hinauf zum Hauptgipfel, wobei ich die Jungen auf die unübersehbaren Waldschäden aufmerksam machte, die links und rechts des Weges erkennbar waren – es sah aus, als hätte ein wilder Sturm getobt, der viele Bäume entwurzelt und umgerissen hatte; im Unterholz lagen unzählige abgebrochene Äste.

Wir erreichten die Ruinen des Michaelsklosters auf dem Hauptgipfel und errichteten auf der dahinterliegenden großen Lichtung unser Lager, das aus drei Zelten bestand. Der Ort wirkte idyllisch: Umgeben von hohen Bäumen lag die Lichtung neben den Ruinen auf der Kuppe des Berges. Den Rest des Tages verbrachten wir mit Kartenstudium, dem Anlegen einer eingefassten Feuerstelle und Holzsammeln. Nach dem Abendessen erkundeten die Jungen noch die Klosterruinen, und schließlich betrachteten wir durch die Baumreihen den herrlichen Sonnenuntergang tief unten in der Rheinebene. Nach Einteilung der jeweils zweistündigen Nachtwachen – eigentlich nur ein Zugeständnis an die jugendliche Vorstellung von Abenteuer – legten wir uns in die Zelte. Die Wache sollte ab und zu Holz ins Feuer legen und halbstündig eine Runde um die Lichtung machen.

Es war gegen drei Uhr, als tumultartiger Lärm mich aus dem Schlaf riss. Ich sprang aus meinem Zelt und blickte mich aufgeregt um: Vor mir sah ich das dunkelrote Glimmen in der Feuerstelle und die Konturen der Zelte, dahinter versank alles in Dunkelheit; über mir war der klare Sternenhimmel. Ich trat aus dem Kreis der Zelte und durchforschte die Finsternis nach Stephan, der seit zwei Uhr die dritte Nachtwache hatte. Von jenseits der Ruinen aus Richtung des Vorbergs war unterdessen eine laute Geräuschkulisse zu hören, die an das Bersten und Brechen von Holz und an schwere, dumpfe Schläge erinnerte. Es musste wohl dieser Lärm gewesen sein, der mich geweckt hatte.

Zu meiner Erleichterung sah ich Stephan, über die Mauern der Ruine kletternd, auf mich zukommen. Er rannte wie gehetzt über die Lichtung und schrie mir panisch entgegen: ‚Oh Gott, sie kommen. Wir müssen fort von hier – schnell!' Die anderen Jungen drängten sich mittlerweile mit großen, ängstlichen Augen um mich und plapperten aufgeregt miteinander oder stürzten mit Fragen auf mich ein. Stephan gestikulierte wild und zeigte hinter sich: ‚Sie kommen den Berg herauf und hauen sich den Weg durch den Wald.' Ich fasste ihn an den Schultern: ‚Wer kommt da? Wovon redest du?' Doch die Frage wurde unwichtig, denn ich sah jenseits der Ruinen zwanzig Meter hohe Bäume schwanken wie Gras im Wind; das hölzerne Knirschen und hohle Stampfen schwoll an zu wildem Lärm.

‚Wir werden jetzt geschlossen und schnell von hier fortgehen', rief ich den Kindern entgegen, denn, was immer sich dort näherte, ich hatte instinktiv beschlossen, es nicht erst sehen zu wollen. Die ungeheuerlichen und fraglos bedrohlichen Eindrücke ließen kein Zögern zu – ich dachte nur an die Sicherheit der Kinder. ‚Haltet euch dicht beieinander und folgt mir! Schnell!', schrie ich, denn der Lärm war inzwischen infernalisch geworden. Wir rannten über die Lichtung auf den Waldrand zu, der gegenüber der Ruine lag, und tauchten ein in die Finsternis zwischen den hohen Bäumen. Gleichmäßig ging es bergab, und, im schnellen Lauf immer wieder zurückblickend, vergewisserte ich mich, dass mir die Jungen folgten.

Langsam ließen wir den Lärm hinter uns, bis er zuletzt nicht mehr zu hören war. Als wir endlich nach etwa zwanzig Minuten rasantem Abstieg den Talboden am Mühlbach erreichten und schließlich auf dem Fahrweg nach Handschuhsheim standen, rief einer der Jungen: ‚Otto fehlt – er lief als Letzter los. Er muss hingefallen sein.'

Es war wie ein Schlag in die Magengrube – ich hatte schreckliche Angst. ‚Ihr geht jetzt zusammen diesen Weg ins Dorf hinunter. Bleibt zusammen, und wenn ihr angekommen seid, ruft um Hilfe', schärfte ich den Jungen ein. ‚Ich werde Otto suchen. Los jetzt!' Kurz blickte ich den davonlaufenden Jungen nach, dann machte ich mich an den Aufstieg. Schon bald lief mir der Schweiß herunter, und ich musste mein Tempo drosseln. Aufmerksam sah ich nach allen Seiten um mich und rief immer wieder den Namen des Jungen. In angstvoller Erwartung erreichte ich nach einer halben Stunde den Waldrand auf der Bergkuppe – es herrschte Stille. Vorsichtig spähte ich über die Lichtung, wobei ich mit Erleichterung feststellte, dass die Dämmerung begonnen hatte.

Ich blickte zu den Zelten, musste aber angstvoll erkennen, dass sie zerfetzt am Boden lagen. Das Lager machte den Eindruck, als sei es niedergetrampelt worden. Ich hatte gerade begonnen, über die Lichtung darauf zuzugehen, als ich den Jungen auf halber Strecke im Gras liegen sah. Ich stürzte zu ihm hin, sah voller Panik, dass alles mit Blut besudelt war, kniete hinunter und erstarrte beim schauderhaften Anblick des unnatürlich verrenkten Körpers des Jungen, dessen Hals in einem blutigen, zerfaserten Strunk endete – ihm fehlte der Kopf.

Taumelnd entfernte ich mich wohl noch ein paar Schritte, doch setzt an dieser Stelle meine Erinnerung aus. Meine nächste Wahrnehmung waren der Arzt und der Polizist, die sich über mich beugten und mich anredeten ..."

❖

Polizeilicher Ermittlungsbericht zum Fall des getöteten zwölfjährigen Otto Frenz. Datiert auf den 25. Juni 1907:

„... Nach Alarmierung durch Gustav Müller aus Handschuhsheim, der sich heute Morgen der im Ort umherirrenden sechs Jungen der Wandervogelgruppe angenommen hatte, begann der polizeiliche Einsatz zunächst mit einer Befragung der völlig verängstigten Jungen. Im Anschluss daran wurde unter vorsorglicher Mitnahme eines Arztes die Suche auf dem Heiligenberg aufgenommen.

Auf der Lichtung nördlich des alten Michaelsklosters wurden der Führer der Wandervogelgruppe, Felix Dausmann, und der zwölfjährige Otto Frenz gefunden. Der Junge war auf bestialische Weise durch Enthauptung getötet worden, während Herr Dausmann mit ärztlicher Hilfe aus einer durch Schock verursachten Bewusstlosigkeit zurückgeholt werden konnte. Eine Befragung vor Ort musste allerdings schon bald erfolglos aufgegeben werden, da der Zeuge nicht vernehmungsfähig war.

Die ärztliche Untersuchung des getöteten Kindes ergab vielfache Frakturen und Quetschungen am ganzen Körper. Die Abtrennung des Kopfes war ohne erkennbare Hilfsmittel erfolgt, vielmehr war der Nackenwirbel abgebrochen und die Haut, Muskeln und Sehnen durchgerissen worden. Mit unvorstellbarer Kraft muss der Kopf vom Rumpf gezerrt worden sein. Der Leichnam wurde zur näheren Analyse dem Pathologischen Institut der Universität Heidelberg übergeben.

Eine anschließende Spurensuche, die unter anderem den Verbleib des Kopfes klären sollte, förderte irritierende Ergebnisse zu Tage. Etwa fünfzig Polizisten durchkämmten systematisch das Gebiet vom Vorberg bis hinauf zum Hauptgipfel. Es konnten keinerlei Beweisstücke, die auf einen Täter hätten schließen lassen, noch der Kopf des Opfers gefunden werden. Auffällig war aber ein circa zwanzig Meter breites Band der Verwüstung, das sich durch das Unterholz vom Vorberg bis hinauf zum Ort des Zeltlagers zog. Innerhalb dieser Schneise waren viele Bäume umgestürzt, abgebrochene Äste lagen am Boden und halbhohe Büsche und Gewächse waren gleichsam niedergetrampelt. Eine Erklärung für dieses Phänomen war nicht zu finden. Des Weiteren war zu konstatieren, dass das Zeltlager selbst vollkommen verwüstet war. Konkrete, verwertbare Anhaltspunkte aber konnten leider nicht gefunden werden.

Nach Rückfrage bei allen Polizeidienststellen und einer Zusammenschau anderer aktueller Meldungen, die sich allesamt auf erstaunliche Vorgänge am und auf dem Heiligenberg bezogen, und insbesondere angesichts des brutalen Kindermordes möchten wir dringend die Bildung eines Sonderdezernats durch die Polizeidirektion vorschlagen, um so eine Informations- und Aktionsbündelung zu erreichen. So könnten die mysteriösen Verbrechen hoffentlich in Bälde aufgeklärt werden ..."

❖

Mitteilung des Leiters des Sonderdezernats, Inspektor Wilhelm Schanz, an den Oberbürgermeister der Stadt Heidelberg, Dr. Carl Wilckens, und den Polizeidirektor Kurt Lamers vom 25. Juni 1907:

„... Das von der Polizeidirektion gebildete Sonderdezernat in Sachen Heiligenberg hat am heutigen Tag seine Arbeit aufgenommen. Bestehend aus einem festen Stab von zehn ermittelnden Beamten hat es in der Polizeiwache Handschuhsheim Quartier bezogen, um möglichst nahe am Ort des Geschehens zu sein. Auf Anweisung des Polizeidirektors wird über alle Entwicklungen unmittelbar Bericht erstattet, wobei auch der Oberbürgermeister, der über das Ausmaß der tragischen Ereignisse informiert ist, persönlich in Kenntnis zu setzen ist.

Nach Zusammenführung aller Meldungen der letzten Tage und entsprechender Befragung von Zeugen und Beobachtern haben wir beschlossen, das wohl ausschließlich nächtliche Treiben im Umfeld des Berges durch eine direkte Observation zu enträtseln.

Ich habe mir heute selbst einen unmittelbaren Eindruck verschafft am Ort der bestialischen Ermordung des Jungen. Entlang der unübersehbaren Schneise der Verwüstung habe ich mir die zerstörte Natur angesehen und das seltsame Symbol der toten Vögel auf dem Aussichtsturm, das zwei Beamte anschließend entfernten. War dies alles schon unerklärlich, so fiel mir noch auf, dass auf dem gesamten Berg keine Spur eines lebenden Tieres zu finden war. Das ganze Gebiet wirkte buchstäblich ausgestorben, so als hätten sich die Tiere gänzlich aus dieser Region zurückgezogen.

Wir hoffen nun, mittels einer nächtlichen Observation durch drei unserer Mitarbeiter eine rasche Aufklärung herbeiführen zu können. Ich werde Sie über den weiteren Verlauf der Ermittlungen auf dem Laufenden halten ..."

❖

Schreiben des Leiters des Denkmalamtes der städtischen Baubehörde Heidelberg, Dr. Gideon Rosenfeld, an das Sonderdezernat vom 26. Juni 1907:

„... Im Rahmen polizeilicher Ermittlungen wurde unser Amt als zuständige Institution für Denkmalschutz und -pflege gebeten, die kulturhistorisch relevanten Objekte auf dem Heiligenberg, die Ruinen der ehemaligen Klöster St. Stephan und St. Michael, zu begehen und auf eventuelle Beschädigungen oder Zerstörungen durch Vandalismus hin zu prüfen.

In meiner Funktion als Amtsleiter bin ich dieser Aufgabe am gestrigen Tage nachgekommen. Pläne und Skizzen der alten Ruinen – zumeist aus der Mitte des 19. Jahrhunderts – wurden hierbei vor Ort als Vergleichsgrundlage herangezogen.

Das Ergebnis ist aus denkmalpflegerischer Sicht beruhigend, denn an der alten Bausubstanz waren keinerlei beachtenswerte Schäden zu erkennen. Dass vereinzelt herausgebrochene Mauersteine am Boden lagen, führe ich auf natürliche Einwirkungen wie Witterung und üblichen Verfall zurück. An manchen Stellen waren auch quer über die Mauern gestürzte

Bäume dafür verantwortlich. Von menschlicher Zerstörung oder mutwilligem Vandalismus war jedenfalls keine evidente Spur zu entdecken.

Ich möchte es bei dieser Gelegenheit aber nicht versäumen, auf eine interessante historische Parallele hinzuweisen, die mir im Zusammenhang mit den Geschehnissen auf dem Heiligenberg eingefallen ist. Es gibt Quellenzeugnisse, die von ähnlichen mysteriösen Verwüstungen an diesem Ort in mittelalterlicher Zeit berichten. Meines Erachtens müsste man hierzu in der lokalen Geschichtsschreibung sowie der Lorscher Überlieferung recherchieren. Eventuell wäre hier ja ein aufschlussreicher Hinweis zu finden ..."

❖

Ausführlicher Bericht des Leiters des Sonderdezernats, Inspektor Wilhelm Schanz, vom 26. Juni 1907.

Verteiler:	***1. Polizeidirektion Heidelberg***
	2. Oberbürgermeister Heidelberg
Vermerk:	***Geheime Verschlusssache***

„... Die im Folgenden zu berichtenden, tragischen Vorkommnisse der Nacht vom 25. auf den 26. Juni stellen den bislang traurigen Höhepunkt in einer Kette dramatischer Ereignisse dar. Es ist ein rekonstruierender Bericht über die nächtliche Observation auf dem Heiligenberg durch drei Beamte des Sonderdezernats.

Wie ich Ihnen bereits gestern mitgeteilt habe, waren wir innerhalb des Stabes zu der Überzeugung gelangt, dass wir nur durch eine direkte, nächtliche Beobachtung an Ort und Stelle zu greifbaren Indizien in dieser rätselhaften Angelegenheit würden kommen können. Die Fülle der teils wirren, teils erfunden wirkenden Beschreibungen von ominösen Wesen war im Sinne polizeilicher Ermittlungsarbeit nahezu wertlos; ich erinnere hier nur an die vage Schilderung baumhoher, dunkler Schatten durch den Anwohner Friedrich Dilger. Irgendetwas schien jedenfalls seit dem 21. oder 22. Juni sein Unwesen auf dem Heiligenberg zu treiben. Nun ist Polizeiarbeit rationale Analyse unter Zugrundelegung geltender Naturgesetze, das muss bei nüchterner Betrachtung heißen: Für alle Verbrechen gibt es einen Täter, ein Motiv – und sei es psychologisch noch so verquer – und eine qualitativ und quantitativ beschreibbare Straftat mit ihren jeweiligen Auswirkungen und Opfern. Letzteres heißt in unserem Fall, der nach meinem persönlichen Eindruck bislang ohne Beispiel ist, geköpfte Lebewesen diverser Spezies und eine in gigantischem Ausmaß verwüstete Waldlandschaft. Daraus allein auf ein Motiv oder gar einen Täter folgern zu wollen, ist fraglos unmöglich.

Aus diesen Gründen lag eine direkte Observation nahe, in der Hoffnung, den Täter selbst in Erscheinung treten zu sehen. Diese Hoffnung hat sich mit den tragischsten Folgen erfüllt.

Die folgende Schilderung der schrecklichen Geschehnisse dieser Nacht basiert auf den Aussagen des Jan Kurzewski, der nach medizinischer Ruhigstellung heute Mittag wieder vernehmbar war, und auf den Erkenntnissen der Spurensicherung. Die teilweise sehr persönlichen und weitschweifig erzählten Eindrücke des Beamten Kurzewski habe ich – auch wenn sie dem ‚faktischen' Stil eines polizeilichen Berichtes nicht entsprechen – ungekürzt übernommen. Dies geschah in der Absicht, den einerseits tragischen, andererseits unbegreiflichen Charakter der Geschehnisse auf dem Heiligenberg zu verdeutlichen.

Um acht Uhr gestern Abend machten sich die drei Beamten des Sonderdezernats, Dieter Lotz, Paul Schröder und Jan Kurzewski, von der Polizeiwache Handschuhsheim aus auf den Weg zum Heiligenberg, dessen bewaldete Kuppe sie um etwa neun Uhr erreichten. Nach einer gemeinsamen Zigarettenpause trennten sich die drei, um, wie wir es vorher besprochen hatten, voneinander entfernte Beobachtungsposten an verschiedenen Stellen des Bergrückens zu beziehen. Jeder war mit einer Pistole bewaffnet, um sich nötigenfalls verteidigen, beziehungsweise den Täter überwältigen zu können. Lotz blieb auf dem Vorberg und bestieg den Aussichtsturm, der einen idealen Observationsort darstellte. Kurzewski ging hinauf zum Hauptgipfel und verschanzte sich zwischen den Mauern der Klosterruinen. Schröder postierte sich auf halbem Weg zwischen beiden Beamten im von zerbrochenen Ästen durchsetzten Unterholz. Durch diese Aufteilung hofften wir, den länglichen Rücken des Heiligenbergs optimal beobachten zu können.

Die drei Beamten hatten sich schnell an die Dunkelheit gewöhnt, die mit Untergang der Sonne den Wald rasch einhüllte. Nach einer ersten ereignislosen Stunde kannte jeder die nähere Umgebung seines Postens, so gut es bei den Sichtverhältnissen möglich war. Da sich die Wahrnehmung des Menschen bei Dunkelheit mehr und mehr auf das Gehör verlagert, war die tonlose, nahezu vollkommene Stille im gesamten Bereich des Berges überdeutlich zu spüren. Kein Laut durchbrach das düstere Schweigen des Waldes, zumal auch kein Windhauch für Bewegung im Gehölz sorgte. Umso lauter wirkten die Geräusche, die man selbst bei Bewegungen erzeugte. Eine weitere Stunde verstrich, und es begann der Kampf gegen die wachsende Müdigkeit; die Beamten konnten sich die Zeit nur damit vertreiben, den Sternenhimmel zu betrachten und bekannte Konstellationen ausfindig zu machen.

Es war etwa halb zwölf, als ein vages Geräusch langsam deutlicher wurde; für Kurzewski klang es wie das rauschende Aufbrausen einer mächtigen Sturmböe. Es kam aus dem Bereich des Vorbergs – Lotz auf dem Aussichtsturm musste es viel lauter hören können. Gebannt lauschte Kurzewski dem mysteriösen Rauschen, das an Lautstärke weiterhin zunahm und in seiner Dynamik fast beängstigend wurde. Dass es keine durch Wind oder Sturm bedingte Ursache haben konnte, wurde dem Beamten in einem plötzlichen Schock klar – es musste eine widernatürliche Ursache haben, denn es war mit nichts

Bekanntem vergleichbar. Im Moment dieser Erkenntnis sprang er auf und rannte los; die Angst, in dieser unheimlichen Situation allein zu sein, war erstickend und unerträglich.

In rasantem Lauf erreichte er die Stelle auf halbem Weg, wo sich Schröder zwei Stunden zuvor von ihm verabschiedet hatte. Überrascht stellte er fest, dass das entsetzliche Rauschen mittlerweile verklungen war. Die Aussicht, seinen Kollegen zu treffen, beruhigte ihn etwas – als ob menschliche Zweisamkeit schon genügen würde, jede Angst zu bannen. Doch gerade als er irritiert erkennen musste, dass jener seinen Posten offensichtlich verlassen hatte, hörte er aus Richtung des Vorbergs die Stimme von Lotz, die panisch und voller Todesangst klang: ‚Aus der Zisterne ... oh Gott, sie kommen aus der Zisterne gestiegen. Was ...' Kurzewski rannte los; etwa fünfhundert Meter lagen zwischen ihm und dem Aussichtsturm. ‚Dieter, um Gottes willen, du musst den Turm verlassen. Komm hierher!', war aus derselben Richtung nun Schröder zu vernehmen, der sich offenbar in Nähe des Turmes befand.

Kurzewski hatte die Hälfte der Strecke zurückgelegt, als er weit vor sich die dunklen Konturen der Ruine St. Stephan und des Aussichtsturmes erkennen konnte. Schröder schrie: ‚Dieter, du musst sofort herunterkommen – wir müssen fliehen ... Nein, das gibt es nicht ... Was zum Teufel ist das?' – ‚Ich weiß es nicht, sie sind fast drei Meter hoch. Oh Gott, wir müssen schießen – das ist unsere einzige Chance', rief Lotz, und im selben Augenblick zuckten grelle Lichtblitze am Turm auf. Den Knall der Schüsse hörte Kurzewski erst, als er selbst die riesigen schwarzen Gestalten sah, die sich, vom alten Brunnen kommend, in Richtung des Turmes bewegten. Jetzt war das Mündungsfeuer einer Pistole auch am Fuß des Turmes zu sehen – Schröder schoss nun ebenfalls auf die schemenhaften Gestalten, die ihren dämonischen Zug ungebremst fortsetzten.

Kurzewski war wie versteinert – unfähig, sich zu bewegen, starrte er fassungslos auf das Geschehen knapp zweihundert

Meter vor ihm. ‚Es hat keinen Sinn; sie werden euch töten', wollte er seinen Kollegen verzweifelt zurufen, doch aus seinem geöffneten Mund kam nur das Röcheln eines stummen Schreis. Schröders Stimme war zu hören: ‚Nein ... oh nein ...' Sie erstarb, und aus der Distanz sah Kurzewski, wie ein Wesen Schröder mit einem Arm vom Boden emporriss und seinen Kopf mit der rechten Hand – als wäre er ein Apfel – umschloss. Ein dürres, reißendes Geräusch war zu hören, darauf der dumpfe Klang eines Körpers, der zu Boden fällt.

Als wären Minuten vergangen, erreichte das Gesehene schließlich Kurzewskis Verstand, und mit einem Mal ergriff sein Überlebenswille die notwendige Initiative zu sofortigem Handeln. Irgendwo weit hinter sich hörte er noch einmal Lotz' Stimme und einzelne Schüsse, dann nur noch das Hämmern des Blutes in seinen Schläfen, als er in fliegender Hast ohne aufzuschauen durch den Wald steil bergabwärts rannte. Was ihn auf seiner rasenden Flucht lenkte und die Bewegungen seines Körpers steuerte, war der reine Instinkt.

Ein breiter Weg kreuzte plötzlich seinen wilden Lauf. Ein Sekundenbruchteil der Bewusstwerdung ließ ihn den Philosophenweg erkennen – das war gut, Menschen waren nicht mehr fern. Zum ersten Mal hielt er kurz inne und blickte um sich, den Hang hinauf, konnte zu seiner Erleichterung aber nichts erkennen. Nach weiterer Jagd hinab durch die Weinberge, erreichte er endlich die Straße am Neckarufer und schließlich die Polizeiwache in der Heidelberger Altstadt.

So weit die Schilderung, die uns der Beamte Jan Kurzewski von dieser entsetzlichen Nacht gegeben hat. Er befindet sich übrigens mittlerweile in der Heil- und Pflegeanstalt in Wiesloch, da seine Gemütsverfassung keine andere Entscheidung zuließ; auch, um nicht einer Panik zuzuarbeiten. Der tragische Tod seiner beiden Kollegen Paul Schröder und Dieter Lotz wurde heute Morgen vor Ort vom Amtsarzt bestätigt, der den sofort veranlassten Großeinsatz der Polizei auf dem Heiligenberg begleitete.

Die Spurensicherung am Ort des Geschehens bestätigte mit ihren schrecklichen Ergebnissen die Darstellung des Beamten Kurzewski. Zunächst wurde am Fuß des Aussichtsturms der enthauptete Leichnam Paul Schröders gefunden; neben ihm in etwa fünf Metern Entfernung lag seine Dienstwaffe, aus der vier Schüsse abgefeuert worden waren.

Bei der anschließenden Begehung des Turmes fand sich auf der über und über mit Blut bespritzten Aussichtsplattform die Pistole von Dieter Lotz, die bis auf den letzten Schuss leergefeuert worden war. Darüber hinaus wurde in einer Ecke das Notizbuch des Beamten gefunden, aus dem offenbar in großer Eile Blätter herausgerissen worden waren. Inhaltlich ließ sich auf den verbliebenen Seiten keine Angabe entdecken, die sich auf die nächtliche Observation bezogen hätte.

Den Leichnam des Beamten Lotz entdeckte man schließlich an der niedrigen Außenmauer der Klosterruine. Sein Rückgrat und nahezu alle Wirbel, außerdem etliche Knochen waren gebrochen; der ebenfalls kopflose Körper lag als formlose, blutige Masse auf den Steinen. Die grauenhafte Vermutung, dass Lotz nach der Enthauptung mit übermenschlicher Kraft vom Turm hinabgeschleudert worden war, wurde vom Arzt bestätigt, der die Frakturen als Folge eines äußerst harten Aufpralls beurteilte. Sowohl bei der Leiche Schröders als auch bei der von Lotz war die Art der Enthauptung identisch mit derjenigen im Fall des jungen Otto Frenz – ein mit unvorstellbarer Kraft ausgeführtes Abreißen. Eine weitere Übereinstimmung ist die makabre Tatsache, dass die Köpfe der beiden Beamten ebenfalls nicht gefunden werden konnten.

Als Lotz´ Leiche zum Abtransport vorbereitet wurde, fand man in seiner starr verkrampften linken Hand ein zerknülltes Blatt aus seinem Notizbuch, worauf in ungelenker, hastiger Schrift mit Bleistift folgende Worte gekritzelt waren: ‚Aus der Zisterne. Schwarze Riesen. Sie haben uns entdeckt. Wir können sie nicht töten, es sind Schatten. Sie kommen hoch ...' Diese entsetzliche, letzte Nachricht des Beamten Lotz bestätigt die fast unglaubliche Beschreibung von Jan Kurzewski. Auch wenn mir, als rationalem Vernunftmensch des beginnenden 20. Jahrhunderts, ein solcher Schluss unerträglich erscheint: An der faktischen Präsenz monströser, gespenstischer – es klingt wie ein entsetzlicher Albtraum – Wesen auf dem Heiligenberg ist kaum mehr zu zweifeln. Und die alte Zisterne, das so genannte Heidenloch, scheint das Zentrum dieses Schreckens zu sein.

Eine penible Durchsuchung des gesamten Geländes ergab danach folgendes Bild: Unmittelbar im Umfeld der alten

Zisterne, die etwa zwanzig Meter entfernt ist von der Klosterruine und dem Aussichtsturm, waren nahezu alle Sträucher und Büsche zertrampelt, außerdem waren an den Bäumen bis zu einer Höhe von circa drei Metern zahllose Äste – zum Teil auch sehr große – abgebrochen. Bei der eingehenden Untersuchung des Bereichs um den Brunnen wurden zahlreiche Bluttropfen und sogar kleinere Lachen gefunden, die zum Teil in Linienform auf die Zisterne zuliefen. Eine nähere Inspizierung des Brunnens scheiterte allerdings daran, dass der schwarze Schacht lotrecht in unabsehbare Tiefe reicht – hier wäre eine entsprechend ausgerüstete Expedition nötig.

Glücklicherweise fanden sich bei der peniblen Durchforstung des Unterholzes immerhin zehn der abgefeuerten Kugeln der Beamten, die sich teils ins Erdreich, teils in die Rinde umstehender Bäume gebohrt hatten. Da Lotz sein Magazin mit acht Patronen ganz geleert und Schröder vier Schüsse abgegeben hatte, waren so bis auf zwei Kugeln alle Geschosse gefunden. Da kaum anzunehmen ist, dass die Beamten mehr als achtzig Prozent der Schüsse ins Leere abgaben, scheint hier der Schlüssel zu Lotz´ Notiz zu liegen, wenngleich es absurd klingt und mit dem menschlichen Naturverständnis nicht zu vereinbaren ist: Die Schüsse konnten nichts ausrichten, da die Kugeln offenbar widerstandslos durch die als schattenhaft beschriebenen Wesen hindurchflogen.

Lägen die Dinge nicht so ernst und tragisch, würde ich denken, Teil einer makaberen und absurden Komödie zu sein. Doch angesichts der schrecklichen, realen Ereignisse, des Todes eines Jungen und zweier Polizeibeamter und der Beobachtungen durch Zeugen, an deren Glaubwürdigkeit nicht zu zweifeln ist, muss ich Überlegungen anstellen und Theorien abwägen, die mit meinem Weltbild und meiner Ethik nichts mehr gemein haben. Beim jetzigen Stand der Dinge ist jedenfalls kaum daran zu zweifeln, dass sich in und um das Heidenloch Kräfte konzentrieren, die sich menschlicher Erkenntnis und Erfahrung vollkommen entziehen.

In Absprache mit dem Polizeidirektor wurde der lokalen und der überregionalen Presse auf Grund der ungeheuerlichen Umstände eine Nachrichtensperre auferlegt. Eine publizistische Offenlegung der Tragödie auf dem Heiligenberg könnte in der Öffentlichkeit zu einer panikartigen und chaotischen Reaktion führen. Aus diesem Grund wurde auch für alle beteiligten Beamten unter Androhung entschiedener Anwendung disziplinarischer Maßnahmen strengstes Stillschweigen angeordnet. Dies erscheint umso wichtiger, als der Kreis der ‚Wissenden' immer größer wird und so die Entstehung von Gerüchten zunimmt.

Abschließend möchte ich den dringenden Vorschlag machen, angesichts des dramatischen Scheiterns herkömmlicher polizeilicher Mittel eine Kommission zu bilden, die sich unter Einbeziehung des Karlsruher Innenministeriums zu einer Expertenrunde erweitern sollte. Die eilige Brisanz brauche ich nicht eigens hervorzuheben, zumal konkrete Schritte zum Schutz oder gar zur Evakuierung der Menschen im Umfeld des Berges eingeleitet werden sollten. Generell ist die gesamte Region seit heute Vormittag hermetisch abgeriegelt; an allen Wegen, die zum Heiligenberg führen, sind Beamte postiert, die jeglichen Zugang verhindern sollen. Ob wir durch diese Maßnahme weiteren Bluttaten der infernalischen Kräfte auf lange Sicht werden entgehen können, wird die Zukunft weisen ..."

II

In der Defensive

Telegramm des Innenministeriums des Großherzogtums Baden an den Oberbürgermeister der Stadt Heidelberg, Dr. Carl Wilckens, vom 26. Juni 1907:

„... Mit großer Besorgnis habe ich den Inhalt Ihres Eilschreibens gelesen. Die in der Anlage übersandten, ungeheuerlichen Berichte haben mich mit großer Erschütterung und zugleich mit tiefer Ratlosigkeit erfüllt. Da – so erleichternd dies auch wäre – sowohl an der Authentizität der Beobachtungen als auch an deren bedrohlichem und grauenhaftem Charakter leider nicht zu zweifeln ist, schließt sich das Innenministerium Ihren Einschätzungen und Handlungsvorschlägen ohne Einschränkung an. Wir werden Sie in dieser prekären Angelegenheit mit allen zu Gebote stehenden Mitteln unterstützen.

Ich werde noch heute am späten Nachmittag in Heidelberg eintreffen und denke, es ist angesichts der fraglosen Dringlichkeit unbedingt ratsam, noch am selbigen Abend ein Zusammentreffen zu arrangieren. In einer Art konstituierenden Sitzung kann so die von Ihrer Seite nahe gelegte Kommission gebildet werden, die dann unverzüglich Maßnahmen und Vorgehensweisen beraten und beschließen kann.

Meines Erachtens sollte sich dieses Gremium zusammensetzen aus Ihrer Person, dem Polizeidirektor Kurt Lamers, dem Leiter des Sonderdezernats, Inspektor Wilhelm Schanz, und mir als Vertreter des Badischen Innenministeriums. Natürlich ist dieser Kreis so rasch als möglich durch kompetente Gutachter oder Berater – besonders aus dem wissenschaftlichen Umfeld – zu erweitern; ich denke, in dieser Frage geeignete

Persönlichkeiten zu benennen, muss ein zentraler Punkt unserer heutigen Sitzung sein.

Ich werde also am Nachmittag direkt ins Rathaus kommen und wäre Ihnen dankbar, wenn Sie derweil Ort und Zeitpunkt für unser heutiges Treffen wählen und die übrigen Teilnehmer entsprechend in Kenntnis setzen könnten.

Hochachtungsvoll
Gustav Vogler
Ministerialrat"

❖

Stenographisches Protokoll der konstituierenden Sitzung der Untersuchungskommission im Rathaus der Stadt Heidelberg am 26. Juni 1907:

„WILCKENS: Als Oberbürgermeister der Stadt Heidelberg möchte ich Sie, meine Herren, herzlich begrüßen, wenngleich dies angesichts der tragischen Umstände, die unser Zusammentreffen veranlasst haben, in bedrückter Stimmung geschieht. Wie ich sehe, haben Sie sich bereits miteinander bekannt gemacht. Ich bin froh, dass Sie es einrichten konnten, diesen kurzfristigen Termin wahrzunehmen, da von einem schnellen Handeln viel abhängen wird.

Wir alle wissen, was uns hier zusammengeführt hat, sodass ich die tragischen und grausigen Geschehnisse der letzten Tage nicht eigens zu referieren brauche. Die erschreckende Sammlung, die Inspektor Schanz zusammengestellt hat, ist jedem von Ihnen bekannt. Ich möchte bei dieser Gelegenheit meine tiefe Trauer über die drei zu beklagenden Todesopfer zum Ausdruck bringen und meinen festen Willen betonen, alles zu tun, um weiteres Unheil abzuwenden.

In diesem Sinne möchte ich nun die Untersuchungskommission im Fall Heiligenberg – oder wohl eher im Fall Heidenloch – für gebildet erklären. Über die absolute Vertraulichkeit der hier diskutierten Inhalte brauche ich Sie nicht zu belehren; die Presse hat übrigens auch weiterhin ihre Akzeptanz der Nachrichtensperre bekundet. Nicht zu vermeiden dagegen ist das Gerede von Mund zu Mund, wie es in den kleineren Teilgemeinden – wie in Handschuhsheim – vorkommt. Dennoch ist von dieser Seite keine Beunruhigung oder Panik in der Bevölkerung zu befürchten, da das wahre Ausmaß des Grauens hier – Gott sei Dank – nicht einmal geahnt wird.

Herr Polizeidirektor, ich denke, es wäre gut, wenn Sie uns nun über den aktuellen Stand der Dinge berichten könnten.

LAMERS: Ja, meine Herren, die Bilanz unserer bisherigen polizeilichen Arbeit ist schlichtweg eine Tragödie. Wir waren – wie Inspektor Schanz es treffend ausdrückte – von der klassischen Trias Täter, Motiv, Straftat ausgegangen, haben zwei Beamte auf traurige Weise verloren und wissen noch immer keine Antwort auf die Fragen nach Täter und Motiv.

Gut, wir haben den Täter zwar gesehen, aber was für einen Täter; ich denke, man kann nur allgemein von Wesen sprechen. Man kann nicht sagen, wir wüssten, wer sie sind, wenn uns weder ihre Spezies noch ihre morphologische Beschaffenheit bekannt sind. Es fällt mir schwer, verstandesmäßig zu akzeptieren, dass wir offenbar einem übernatürlichen Gegner gegenüberstehen; und doch scheint kein Weg an dieser Erkenntnis vorbeizuführen.

Ich muss ihnen sagen, bei diesen Wesen braucht einen meines Erachtens zumindest das Motiv nicht zu interessieren – sie sind offenbar böse, abgrundtief böse. Sie müssen eliminiert werden, denn, was immer ihr Motiv sein mag, ihr irdisches Geschäft sind Tod und Terror. Ich glaube, die klassische Polizeiarbeit, das nachträgliche Aufklären geschehener Verbrechen, ist hier lächerliche und fatale Zeitverschwendung. Es kann um nichts anderes gehen, als präventiv zu arbeiten, das heißt Schutz der Bevölkerung und Eliminierung jener schattenhaften Riesenwesen ohne Namen und Herkunft.

Was wir momentan tun, ist die umfassende Abriegelung des gesamten Heiligenberges; so verhindern wir den Gang des ahnungslosen Opfers zum lauernden Täter. Fraglich ist dagegen, ob wir den umgekehrten Gang aufhalten können. Die Wesen sind bereits einmal bis hinab an den Ortsrand von Neuenheim gekommen – die Belagerung der Familie Dilger. Ich denke, wir werden auch eine eventuelle Evakuierung der Bevölkerung einkalkulieren müssen – erinnern sie sich daran, dass Schusswaffen offensichtlich kein Hemmnis darstellen. Ich frage mich, ehrlich gesagt, mit Bangen, was diese Wesen überhaupt stoppen kann.

SCHANZ: Zu diesem Punkt würde ich gerne eine These in den Raum stellen, die sich mir aus der Interpretation aller Informationen, die wir im Sonderdezernat sammeln konnten, aufgedrängt hat. Sie betrifft die Konditionen, denen diese Wesen unterworfen zu sein scheinen – also ein vorsichtiger Versuch einer Charakterisierung.

Meine These lautet: Auch diese Wesen folgen und unterliegen gewissen Gesetzmäßigkeiten und Faktoren, von denen zugegebenermaßen nur wenige mit menschlichem Verstand erfassbar sind. Diese wenigen Faktoren könnten uns aber immerhin helfen, ein Profil zu erhalten und darüber eventuell ein wirkungsvolles Gegenmittel beziehungsweise Verteidigungsinstrument. Ich weiß, dass das Folgende absurd klingen mag, aber es ist meine Summe der Erkenntnis:

Sie kommen auf so etwas wie einem Luftstrom empor aus der Erde, ihr Zugang zur Welt ist das so genannte Heidenloch. Sie kommen nur nachts empor und beenden ihr Werk vor der Morgendämmerung. Ihr erster uns bekannter Auftritt erfolgte in der Nacht der Sommersonnenwende. Sie sind an die drei Meter groß und gewissermaßen schattenhaft, wobei sie physisch – zumindest mit herkömmlichen Mitteln – nicht angreifbar sind, aber selbst körperlich durchaus angreifen können, für mich eigentlich der erschreckendste Faktor. Sie enthaupten ihre Opfer und scheinen die Köpfe mit sich fortzutragen. Die Verwüstung der Natur ist nur das Aus-dem-Weg-Räumen von Hindernissen auf dem direkten Weg zu ihrem potenziellen Opfer.

Diese Rahmengrößen sind nach meiner Erkenntnis alles, was uns zur Definition der Wesen zur Verfügung steht. Vielleicht können Wissenschaftler auf der Basis dieser Beobachtungen weitere Schlüsse ziehen.

VOGLER: Eine eindrucksvolle Zusammenschau, Inspektor Schanz. Einerseits macht sie das Unbekannte beschreibbar, mit unseren Maßstäben begreifbar, andererseits zeigt sie auch deutlich, dass wir einem übernatürlichen Gegner gegenüberstehen, wenn ich das einmal so in Worte fassen darf. In der Tat ist die rätselhafte und erschreckende Morphologie der Wesen die größte Bedrohung, da zu fragen bleibt, wie oder ob überhaupt sie gestoppt werden können.

Der Ruf nach wissenschaftlicher Unterstützung ist richtig, da allein von dieser Seite noch Aufklärung zu erhoffen ist. In Anbetracht der Grenzen, an die sowohl polizeiliche als auch politische Maßnahmen hier stoßen, sollten wir erörtern, wer uns mit Rat zur Seite stehen könnte.

LAMERS: Mir fällt da zum Beispiel der Leiter des Denkmalamtes ein, der ja einen interessanten Hinweis gegeben hat, den wir unbedingt weiterverfolgen sollten. Wie war noch sein Name?

SCHANZ: Dr. Gideon Rosenfeld. Ja, ich denke auch, dass dieser Spur nachgegangen werden sollte. Da es hierbei um mittelalterliche Quellen geht, wäre ein kompetenter Historiker vielleicht von großem Nutzen.

WILCKENS: Professor Karl Hampe ist da unser Mann; er lehrt mittelalterliche Geschichte am Historischen Seminar. Außerdem sollte Jacob Wille hinzukommen, da er als Direktor der hiesigen Universitätsbibliothek die lokale Handschriftenüberlieferung hervorragend kennt.

VOGLER: Gut, dies wäre also die historische Abteilung, die nach relevanten Hinweisen aus der Vergangenheit des Heiligenberges zu suchen hätte.

Wilckens: Ja, aber ich denke, wir sollten in diesem Zusammenhang auch Unterstützung von archäologischer Seite suchen, da das Heidenloch bekanntlich bereits aus keltischer Zeit stammen soll. Da wären die Professoren Friedrich Carl von Duhn, Archäologie, und Otto Schoetensack, Ur- und Frühgeschichte.

Vogler: Ausgezeichnet. Welcher Wissenschaftszweig aber befasst sich mit monströsen Wesen, die eher dem Bereich Märchen, Sagen oder Mythen zuzuordnen sind? Ich denke, von naturwissenschaftlicher Seite ist hier keine Hilfe zu erwarten – der Biologe kennt reale Lebewesen, der Paläontologe ausgestorbene, reale Lebewesen. Aber schattenhafte Monster mit einer unbegreiflichen Konsistenz und Physis?

Lamers: Richtig, mit empirischer Wissenschaft ist da nicht weiterzukommen. Vielleicht sollten hier eher Kulturforscher tätig werden wie Ethnologen und Literaturwissenschaftler, die sich im Bereich Legenden oder volkstümliche Mythen auskennen. Eventuell ist in einer entsprechenden Überlieferung ja ein Schlüssel zu finden. So wäre auch eine etymologische Klärung des seltsamen Namens ‚Heidenloch' vielleicht aufschlussreich.

Wilckens: In diesen Bereichen kenne ich leider keine Forscher namentlich, aber ich werde mich darum kümmern. Ich denke, es wäre das Beste, wenn ich alle beteiligten Wissenschaftler morgen früh zu mir bitte und ihnen in aller Offenheit die schreckliche Situation schildere. Das gesamte Material über die vorgefallenen Geschehnisse wird diesen natürlich zur Verfügung gestellt werden. Da Eile geboten ist, werde ich um die ausschließliche Beschäftigung mit diesem Fall nachsuchen. Und wie im Fall der Presse und der ermittelnden Polizeibeamten werde ich auch von den Wissenschaftlern strikte Geheimhaltung fordern, am besten durch eine Vereidigung auf absolute Amtsverschwiegenheit.

Eventuell wäre es ratsam, wenn die Wissenschaftler ihre Ergebnisse im internen Kreis diskutieren und bündeln und unserer Kommission dann in Form eines Berichts vorlegen würden. Auf diese Weise kann sich unser Kreis ganz auf die Planung und Durchführung konkreter Maßnahmen konzentrieren.

VOGLER: Richtig, zumal wir bei der wissenschaftlichen Diskussion wenig beizutragen hätten, und uns Zeit für praktische Erwägungen wie eine eventuelle Evakuierung verloren ginge.

SCHANZ: Zunächst müssen wir die heutige Nacht leider abwarten und können nur hoffen, dass es nicht zu einer neuerlichen Katastrophe kommt.

VOGLER: Das gesamte Gebiet ist aber doch weiträumig abgeriegelt?

SCHANZ: Ja, das schon. Aber wie sollen wir uns bei einem offensiven Vordringen der Wesen verhalten? Unsere Polizeibeamten haben die Anweisung, in einem solchen Falle möglichst frühzeitig zurückzuweichen und eventuell bedrohte Ansiedler zu alarmieren und diese bei der Flucht zu unterstützen beziehungsweise gegebenenfalls ganze Ortsteile zu evakuieren. Wir können nichts anderes tun: Zurückweichen und auf die Morgendämmerung warten!

LAMERS: Sobald es Tag sein wird, werden wir auch eine genauere Untersuchung des Brunnens vornehmen. Wenn es technisch möglich ist, wird ein ausgebildeter Beamter versuchen, bis auf den Grund der Zisterne hinabzusteigen, um dort nach eventuell vorhandenen Hinweisen zu suchen.

VOGLER: Gut, ich denke, wir haben nun eine Agenda erstellt, die zumindest alle die Maßnahmen beinhaltet, die wir überhaupt in unserer momentanen Situation ergreifen können.

WILCKENS: Meine Herren, es wäre das Beste, unsere Kommission würde sich morgen am Mittag hier erneut einfinden. Bis dahin werden dann ein Ereignisbericht der heutigen Nacht und die Ergebnisse der morgendlichen Brunnenuntersuchung vorliegen, außerdem werde ich dann bereits die Wissenschaftler informiert haben. Ich werde bei dieser Gelegenheit natürlich darauf drängen, dass deren Untersuchungsbericht möglichst bald, bestenfalls bereits übermorgen, vorliegt.

Gut, bleibt mir abschließend nur zu hoffen, dass wir heute Nacht größerem Schaden entgehen werden. Also dann bis morgen, meine Herren."

❖

Zweites Sitzungsprotokoll der Untersuchungskommission zu Heidelberg vom 27. Juni 1907:

„Wilckens: Guten Tag allerseits. Diese Nacht liegt also hinter uns. Das Konzept des kontrollierten Zurückweichens vor den Wesen ist zwar aufgegangen. – Aber tragischerweise haben wir erneut zwei Todesopfer zu beklagen. Doch ich möchte mir nicht ausmalen, was ohne irgendeine Vorbereitung geschehen wäre – Handschuhsheim wäre wohl einem Inferno des Schreckens anheim gefallen. So konnte zumindest das Allerschlimmste verhindert werden.

Inspektor Schanz als Leiter des Sonderdezernats, der den Hergang der nächtlichen Ereignisse am besten nachverfolgen konnte, ich möchte Sie bitten, uns Ihre Rekonstruktion des Geschehens zu schildern.

Schanz: Ja, natürlich. Wir hatten gestern Abend ab zehn Uhr die Postenketten vollständig positioniert, das heißt, dass die Beamten mindestens zu zweit an den Wegen zum Heiligenberg und an den Rändern der Siedlungsgebiete Stellung bezogen hatten. Des Weiteren waren die Posten mit Feldtelefonen ausgerüstet worden, um einen Alarm möglichst rasch weitergeben zu können. Als ich die entsprechenden Vorbereitungen inspizierte, konnte ich bei der Bevölkerung gewisse Irritationen feststellen, die aber glücklicherweise zu keiner weiter gehenden Beunruhigung führten.

Im Rahmen dieser Aktion waren über einhundert Beamte im Einsatz, sodass unser Netz recht engmaschig war. Wie ein Gürtel spannte sich die Kette der Beobachtungsposten um die Abhänge des Berges. Was die Zugangssperre auf den Heiligenberg anbelangt, so kamen wir nur einmal in die Verlegenheit, eine Begehung zu unterbinden. Es handelte sich dabei um ein britisches Touristenpaar, das zu später Stunde über den Philosophenweg geschlendert war und von dort noch höher steigen wollte. Es war recht schockiert über das Zugangsverbot und fühlte angesichts der starken polizeilichen Präsenz seine schlimmsten Vorurteile über den deutschen Militarismus vollauf bestätigt. Ansonsten gab es keine weiteren abendlichen Besucher.

Umso mehr konnten die Beamten ihre ganze Aufmerksamkeit auf die mutmaßliche Bedrohung von oben richten. Es dauerte bis etwa zwei Uhr, bis das nächtliche Treiben auf dem Heiligenberg in Gang kam. Dann aber nahm das Geschehen jenen dynamischen Verlauf, den wir aus den früheren Nächten bereits kennen.

Zwei Beamte, die auf dem auf halber Höhe am Westhang des Berges verlaufenden Biehlerweg Posten bezogen hatten, vernahmen um etwa zwei Uhr das schreckliche Knirschen berstenden und brechenden Holzes, das bergabwärts recht zügig auf sie zukam. Sie zögerten keinen Augenblick und alarmierten per Feldtelefon die unterhalb ihrer Position wartenden Beamten. Die Stoßrichtung des Angriffs war somit klar: Nach Verlassen des Waldes würden die Wesen durch die angrenzende Gemarkung Hainsbach auf den südöstlichen Ortsrand von Handschuhsheim treffen.

Wenngleich die Geschwindigkeit der Bestien nicht genau kalkulierbar war, so konnte man doch von circa zwanzig Minuten ausgehen, die bis zu deren Eintreffen bei den ersten Häusern vergehen würden. Die zwei Beamten auf dem Biehlerweg hatten sich mittlerweile rennend in nördlicher Richtung in Sicherheit gebracht, während die Wesen sich weiterhin nach Nordwesten bewegten.

Vogler: Aber warum konnten sich die Beamten da so sicher sein? Die Wesen hätten ja auch ihre Richtung ändern und ihnen folgen können.

Schanz: Davon war nicht auszugehen. Wie die zwei Nächte belegen, an denen die Wesen größere Distanzen zurücklegten – im Fall der Familie Dilger und im Fall des Zeltlagers –, erstreckt sich die Spur der Verwüstung nahezu linear von der Zisterne auf das jeweilige Ziel zu. Nur im – mir fällt kein anderes Wort ein – Nahkampf sind sie, was ihre Bewegungsrichtung anbelangt, vollkommen flexibel. Es hat den Anschein, als ob sie dann, wenn sie auf dem Heiligenberg selbst kein Opfer finden können, eine Himmelsrichtung für ihre Suche wählen. Dieser Achse folgen sie dann ohne Abweichung, solange es die verbleibende Nacht erlaubt. Zuletzt kehren sie auf demselben Weg wieder zurück zum Heidenloch.

Aber zurück zum Geschehen der letzten Nacht. In Handschuhsheim war derweil die Evakuierung des südlichen Ortsrandes angelaufen. Die Beamten forderten die Bewohner nachdrücklich auf, sofort ihre Häuser zu verlassen und sich unverzüglich zur alten Tiefburg im etwa tausend Meter nördlich gelegenen Ortszentrum zu begeben. Viele Bürger wollten die überraschende Alarmierung zunächst nicht wahrhaben oder verstehen, sahen aber in den Gesichtern der Beamten eine solche Anspannung und Ernsthaftigkeit, dass sich bald ein langer Menschentross auf den Ortskern zubewegte. Die Polizisten fragten immer auch Nachbarn nach alten oder behinderten Menschen, die ansonsten Gefahr liefen, in ihren Häusern oder Wohnungen vergessen zu werden.

Vogler: Ausgezeichnet – eine in Planung und Durchführung hervorragende Operation.

Schanz: Die improvisierte Evakuierung hat in der Tat sehr gut geklappt. Die Bewohner haben sich sehr diszipliniert verhalten, und es gab keine nennbaren Schwierigkeiten. In der Ortsmitte, in und um die alte Tiefburg, entstanden natürlich schon bald die wildesten Gerüchte – bis hin zum vermeintlichen Angriff französischer Truppenverbände. Unsere Polizeibeamten waren instruiert worden, bei Fragen möglichst wortkarg auf eine großräumige Verbrecherjagd hinzuweisen.

Die gesamte Aktion war um circa zwanzig Minuten nach zwei Uhr erfolgreich abgeschlossen; am südlichen Ortsrand waren rund dreißig Häuser evakuiert worden.

Kurz vorher hatten die Wesen unter großem Lärm den Waldrand erreicht; ihr brachiales Wüten im Unterholz war weithin zu hören. Die Gemarkung Hainsbach, die in leichter Hanglage zwischen dem Ort und dem Wald liegt, besteht größtenteils aus Brachwiesen und kleineren, eher mittelhohen Baumbeständen. Gebannt richteten sich die Augen aller am Ortsrand versammelten Polizeibeamten auf das, was aus dem Dunkel des Waldes treten würde.

Es war ungeheuerlich: Etwa dreißig hohe Schatten eilten über die Wiesen. In ihrer Anatomie und auch in ihrer Motorik schilderten alle Augenzeugen sie als menschenähnlich, nur eben in erschreckendem Maße größer und vollkommen düster. Einige Beamte richteten ihre Ferngläser auf die Wesen und stellten fest, dass man Konturen allenfalls schemenhaft erkennen konnte. Die Umrisse verschwammen in nebligem Schatten, so als umgäbe eine wabernde Aura aus düsterem Rauch die Körper.

LAMERS: Das heißt, wir haben keine genauere Identifizierung? Das gibt es doch gar nicht – sie müssen doch Augen haben oder Münder. Oder was ist mit Kleidung, mit Waffen?

SCHANZ: Sie haben nichts in ihren Händen – soviel kann man sagen. Ansonsten ist leider nichts zu erkennen, weil sie eben von einer – wie soll ich es ausdrücken – nebulösen Hülle umgeben sind. Auch Polizisten, die sie aus nur fünfzig Metern Entfernung gesehen haben, konnten uns keine genauere Beschreibung liefern.

WILCKENS: Ich muss ganz ehrlich sagen, das klingt so, als kämen die Wesen aus der Hölle.

LAMERS: Diesen fast unaussprechlichen Gedanken hat wahrscheinlich jeder von uns schon gehabt. Ich für meinen Teil habe jedenfalls versucht, ihn schnell zu verdrängen.

WILCKENS: Ja, da sollen einem nicht apokalyptische Reiter oder schweflige Teufel in den Sinn kommen. Der Gedanke ist einfach unerträglich.

VOGLER: Wir dürfen unseren Ängsten nicht nachgeben. Wenn ich glauben müsste, dies wäre das biblische Harmagedon, dann bliebe nur noch, die Hände in den Schoß zu legen und auf das Ende zu warten.

Aber gerade die letzte Nacht mit unserer weitgehend erfolgreichen Verhinderung einer drohenden, unvorstellbaren Katastrophe zeigt doch, dass wir nicht gänzlich hilflos ausgeliefert, sondern durchaus handlungsfähig sind. Es geht wieder einmal um den Willen, sich nicht dreinzugeben, nicht einfach zur Schlachtbank zu trotten.

SCHANZ: Da bin ich ganz Ihrer Meinung. Diese Wesen sind nicht allmächtig – wie ich gestern sagte, unterliegen auch sie gewissen Konditionen und Gesetzmäßigkeiten. Wir müssen diese Faktoren zur Grundlage unserer Verteidigung machen. Wäre es wirklich die Apokalypse, dann gäbe es für diese Wesen keine solchen Einschränkungen wie zum Beispiel den Umstand, nur nachts aktiv sein zu können.

Aber kommen wir zurück zur Chronologie. Wie gesagt, näherten sich diese dreißig Gestalten in schnellem Lauf dem Ortsrand, wobei sie einzelne, in ihrem Weg stehende Obstbäume mit spielerischer Leichtigkeit umrissen oder zur Seite schlugen. Außer dem daraus resultierenden Krach war von den Wesen selbst übrigens kein Laut zu vernehmen. Sie scheinen nicht miteinander zu kommunizieren; diesen Eindruck stützen ja auch die früheren Vorfälle.

VOGLER: Da wäre ich nicht so sicher. Nur weil keine akustische Verständigung in Form von Sprache oder Lauten stattfindet, muss es nicht zwangsläufig auch keine andere, uns völlig unbekannte Art der Kommunikation geben.

SCHANZ: Zugegeben, ein korrekter Einwand. Nun, jedenfalls kamen sie in rasantem Lauf durch die Wiesen auf die äußere Häuserreihe zu. Dies war der Moment, als sich auch die am weitesten vorgerückten Beamten zu ihrer Sicherheit in Richtung Ortskern zurückzogen.

Um zwei Uhr dreißig hatten die Wesen den Ortsrand erreicht – sie konnten nun von Beamten beobachtet werden, die aus großer Entfernung vom oberen Waldrand aus ihr Tun mit Ferngläsern verfolgten. Die nachfolgende Schilderung und Rekonstruktion der Ereignisse basiert von daher in erster Linie auf den Aussagen dieser Polizisten. In Handschuhsheim selber konnte das fürchterliche Treiben nicht beobachtet werden, da man von der Tiefburg aus höchstens akustisch die Präsenz der Wesen hätte wahrnehmen können. Der Lärm von zerspringendem Glas, brechendem Holz und herabstürzenden Steinen war allerdings gedämpft durch die dazwischenliegenden Häuserreihen; außerdem war der Geräuschpegel bei der Tiefburg selbst durch die circa zweihundert versammelten Menschen so hoch, dass nur selten ein Laut vom Wüten der Wesen bis hierher vordrang.

Am äußersten Rand des Ortes stehen vor allem mittelgroße, höchstens zweistöckige Einzelhäuser, die zumeist von größeren Gärten umgeben sind. Erst eine Querstraße weiter in Richtung Ortskern schließen sich dann hohe Mietshäuser an, die bis zu über zehn Wohnungen verfügen. Unsere Evakuierung hatte diese zwei großen Siedlungskomplexe umfasst, sodass über eine Strecke von nahezu fünfhundert Metern vom Ortsrand her keine Menschenseele mehr zu finden war.

Zielstrebig stürzten die riesenhaften Schatten in die ersten Gärten, wobei sie sich scheinbar automatisch in Gruppen von etwa fünf Gestalten je Grundstück aufteilten.

Lamers: Soll das heißen, hinter all ihrem furienhaften Wüten steckt noch ein strategisches Denken?

Schanz: Das glaube ich eigentlich nicht, vielmehr wirkte diese Gruppenbildung eher zufällig und instinktiv. Strategisches Denken würde heißen, diese Wesen hätten Angst vor Widerstand und würden dementsprechend ihre Kräfte bündeln. Für mich hat es eher den Anschein, dass sie wie auf einer Jagd instinktiv in Gruppen auf ein Ziel zustürzen, von dem sie meinen, dass die Beute auf diese Weise für alle in der kleinen Horde reichen dürfte.

Vogler: Das würde heißen: Je nach Ziel und Größe der zu erwartenden Beute – sprich Zahl der Opfer – bilden sich größere oder kleinere Gruppierungen.

SCHANZ: Ja, denn es war zum Beispiel konkret zu sehen, dass nur zwei von ihnen auf ein flaches Gebäude in Größe einer kleinen Kate zugingen, während sie bei den normalen Häusern zu fünft oder sechst agierten.

Der willkürlich wirkende Terror ist demnach kein blinder, chaotischer Selbstzweck, sondern eine Jagd mit der Absicht, möglichst jedes dieser Wesen in den Besitz eines Opfers zu bringen.

Hatten die Riesen ein Haus schließlich erreicht, so umschlichen sie es zunächst, als ob es gälte, die Lage zu sondieren und einen bestmöglichen Angriff zu planen. Nach einer solchen kurzen Phase, die zwischen zwei und fünf Minuten dauern konnte, begann das rasende Wüten. Mir fiel dabei übrigens ein, welch unglaubliches Glück die Familie Dilger hatte. Die Sondierungsphase dauerte damals so lange, dass die Morgendämmerung den Wesen zuvorkam und so lediglich der Hund zu ihrem Opfer wurde.

Nun, nach kurzer Zeit erklang jedenfalls der zerstörerische Lärm, der den Beginn der albtraumhaften Offensive signalisierte. Die Wesen schlugen Fensterscheiben zu Bruch oder traten einfach die Haustüren ein, um sich Zugang zu verschaffen. Unglaublich behände zwängten sie sich dann gebückt in die Innenräume, wo sie kurzerhand alles in Trümmer schlugen auf der gierigen Suche nach Opfern.

Die Durchforstung der Häuser wurde recht gewissenhaft durchgeführt, denn offenbar schienen die Wesen davon auszugehen, dass die Bewohner sich in irgendeinem Winkel versteckt hielten, den sie früher oder später würden entdecken können. Mit unvorstellbarer Kraft rissen sie dünnere Innenwände um oder durchstießen Holzdecken, um mit ihren langen Armen im nächsthöheren Raum herumzutasten. Es war eine Jagd hungernder, gieriger Bestien, die keine Mühe scheuten und nichts unversucht ließen, um in den Häusern fündig zu werden.

Schockiert und fassungslos beobachteten die Beamten vom Hang aus das grausige Schauspiel. In einigen Fällen sahen sie die riesigen Schatten auf die Hausdächer klettern, mit brutaler Gewalt Ziegel herausreißen und unter dem Dach jeden Winkel absuchen. Als ob sie die Abwesenheit der Bewohner nicht wahrhaben wollten, suchten sie lange und ergebnislos weiter. Manche Häuser wurden über eine halbe Stunde lang durchforscht und erst dann in halb zertrümmertem Zustand verlassen. Einige Beamte berichteten, dass sie oftmals gestikulierte Zeichen von Wut und Zorn gesehen hätten, wenn die Wesen ohne Beute ein Grundstück verließen. So seien oftmals Bäume in den Gärten entwurzelt und anscheinend wutentbrannt auf die durchsuchten Häuser geworfen worden.

Haus für Haus arbeiteten sich die Wesen voran in Richtung Ortszentrum, wobei ihre Durchsuchungen nun doch flüchtiger und oberflächlicher wurden. Nach etwa zwanzig leeren Häusern schienen die Wesen vielleicht zu ahnen, dass sich die Bevölkerung in Sicherheit gebracht hatte. Mittlerweile war es immerhin vier Uhr geworden, und bei den Beamten machte sich die Hoffnung breit, dass auch die letzte halbe Stunde vor Sonnenaufgang schadlos überstanden werden könnte.

Die Wesen hatten nun die großen Mietshäuser erreicht und zögerten hier sichtlich länger als zuvor mit ihrem Eindringen.

VOGLER: Aber warum? Man könnte meinen, die Wesen kennen sich in unserer Welt nicht aus.

SCHANZ: Diesen Eindruck macht es in der Tat. Ihre Schnelligkeit und Zielstrebigkeit, die sie in der freien Natur zeigen, scheinen sie im Bereich menschlicher Siedlungen einzubüßen, so als ob sie sich dort zunächst einmal orientieren müssten.

Leider kam es in der letzten halben Stunde der Nacht dann doch noch zu einem tragischen Zwischenfall, der – das möchte ich zur Entlastung unserer Beamten sagen – durch die Zeitnot und die Hektik der Evakuierung verschuldet wurde, aber eigentlich vermeidbar gewesen wäre. Er konnte nicht direkt beobachtet werden, sondern wurde erst bei der morgendlichen Inspektion der Häuser festgestellt.

Im zweiten Stock eines der Mietshäuser hatte man bei der nächtlichen Alarmierung offenbar eine Wohnung übergangen, die den Wesen bei ihrer Suche nicht verborgen blieb. Ein älteres Ehepaar – wie wir inzwischen wissen, beide Pensionäre – fiel den Bestien zum Opfer. Sie müssen im Schlaf überrascht und noch im Bett auf die bereits bekannte, grauenhafte Weise enthauptet worden sein. Den Beamten bot sich ein entsetzlicher Anblick – die Spuren des blutigen Gemetzels hatten die Wohnung in eine Stätte albtraumhaften Grauens verwandelt. Wie in den Fällen zuvor scheinen die Schattenwesen erneut die Köpfe ihrer Opfer mit sich davongetragen zu haben, was bei ihrem Rückzug aber leider nicht beobachtet werden konnte.

Wilckens: Ich denke, keiner kann einen Vorwurf gegen die Beamten erheben. Sie haben eine Katastrophe ungeahnten Ausmaßes verhindert und dies unter einem enormen Zeitdruck, sodass ein solches tragisches Missgeschick leider Gottes hingenommen werden muss. Positiv ausgedrückt, klingt die Bilanz der Nacht doch vielmehr so: Es konnten Hunderte Bewohner gerettet werden.

Lamers: Unsere Polizei hat gute Arbeit geleistet; aus solch tragischen Fehlern kann man immerhin lernen. Ich denke, dass unser Konzept des flexiblen Zurückweichens jedenfalls richtig ist und uns ein gutes Mittel an die Hand gibt, bis wir demnächst hoffentlich mehr tun können.

Schanz: Ja, es gibt bislang keine Alternative. Nun gut, die letzte halbe Stunde der Nacht verging dann recht zügig, und vor dem ersten hellen Grau am östlichen Horizont verließen die Wesen den Ort und liefen denselben Weg zurück auf den Heiligenberg, den sie gekommen waren. Schnell hatten sie den Waldrand erreicht und entschwanden im Dunkel zwischen den Bäumen.

Ich kann ihnen kaum beschreiben, welch eine Erleichterung durch die Reihen unserer Beamten ging. Der Spuk war vorüber, und es hatte – so glaubte man ja noch in diesem Augenblick – keine Opfer gegeben.

Bei der anschließenden, großen Untersuchung und Rückführung der ausquartierten Bevölkerung in ihre Häuser wurden neben den beiden tragischen Opfern die besagten Schäden in und an den Häusern festgestellt. Es sei noch einmal erwähnt, dass hier Kräfte am Werk waren, die über das menschliche Vorstellungsvermögen weit hinausgehen. Die Zertrümmerung von Innenwänden, Entwurzelung von Bäumen und andere Zerstörungen ließen den Betrachter in Furcht und Ratlosigkeit zurück. Das ganze Szenario wirkte wie ein verwüsteter Schauplatz entfesselter Naturgewalten.

Sie können sich vorstellen, dass der Erklärungsbedarf gegenüber den entsetzten Hausbewohnern enorm war. Um zunächst einmal Zeit zu gewinnen, verteilten die Beamten vorbereitete Flugblätter, die eine offizielle Aufklärung in den nächsten Tagen ankündigten. Weitere Auskünfte wurden unter Berufung auf Geheimhaltung verweigert.

Vogler: Wir kommen nicht umhin, uns etwas dazu einfallen zu lassen. Noch haben wir ein paar Tage Zeit gewonnen, doch ich befürchte, die Hausbesitzer, die zum Teil riesige Schäden haben, werden langfristig so nicht hinzuhalten sein.

Lamers: Ganz sicher. Vielleicht kann man eine Naturkatastrophe, zum Beispiel ein lokales Erdbeben, oder ein groß angelegtes Militärmanöver glaubwürdig vorschieben.

Wilckens: Gut, ich werde mich darum kümmern, eine entsprechend adäquate Erklärung zu verfassen.

Schanz: Ja, soweit also zu dem, was ich ihnen über die Geschehnisse der letzten Nacht berichten wollte. Wir haben leider keine entscheidenden Hinweise erhalten, die uns einer Aufklärung des gesamten Mysteriums näher brächten. Immerhin haben sich einige Regeln, die wir aus den früheren Nächten abgeleitet hatten, in der erwarteten Weise bestätigt, sodass wir wenigstens eine Hand voll Erkenntnisse besitzen, auf deren Grundlage wir uns für die Zukunft wappnen können.

Wilckens: Vielen Dank, Inspektor Schanz. Ich möchte Ihnen nun kurz berichten, wie das morgendliche Treffen mit den Wissenschaftlern verlaufen ist.

Nachdem ich den ins Rathaus eingeladenen Herren eine ausführliche und schonungslose Darstellung des bisher Geschehenen vorgetragen hatte, berichtete ich noch über unsere Kommission und die Hoffnungen und Erwartungen, die wir in die Arbeit der Wissenschaftler setzen.

Die Skala der Reaktionen war weit gefächert: von ungläubigem Entsetzen über Ratlosigkeit bis hin zu einer relativen Gelassenheit, die keine allzu große Überraschung erkennen ließ. Immerhin erstaunte es mich, dass keiner der Herren die ganze Geschichte gerade angesichts ihres übernatürlichen Charakters rundweg abstritt oder verlachte. Ein Effekt, der mir übrigens auch bei uns selbst aufgefallen ist. Offenbar lassen die Geschehnisse in ihrer Authentizität von vornherein keinerlei ernsthafte Zweifel zu.

Nun, in der Runde wurde bereits nach kurzer Zeit begonnen, aus dem Stegreif geäußerte Theorien oder Assoziationen zu diskutieren. Die versammelten Herren erklärten sich daraufhin ausnahmslos bereit, sofort mit den ihrem Fachgebiet entsprechenden Untersuchungen und Recherchen zu beginnen.

Sie wollen sich heute am späten Nachmittag dann wieder treffen, um ihre jeweiligen vorläufigen Ergebnisse zu besprechen und einen ersten Bericht für uns zu verfassen, der uns bereits am Abend zur Verfügung stehen wird. Danach werden sie eine gemeinsame Vorgehensweise besprechen und in ständigem Austausch miteinander weiterforschen, sodass sie hoffen, uns im Verlaufe des morgigen Tages einen weiteren Bericht vorlegen zu können. Aus den ersten Einschätzungen, die ich von Seiten der anwesenden Wissenschaftler vernahm, ließ sich heraushören, dass die viel versprechendste Richtung der Untersuchung wohl in die Bereiche Geschichte und Philologie führen dürfte. Hier erhofft man sich die größten Chancen, fündig zu werden.

Ich habe den Herren meinen Dank für ihre rückhaltlose und prompte Unterstützung ausgesprochen. Daraufhin erfolgte im Sinne der Geheimhaltung die Vereidigung der Anwesenden auf strikte Amtsverschwiegenheit. Abschließend wurden aus dem Kreis die Professoren Karl Hampe, Geschichte, und Friedrich von Goden, Klassische Philologie, zu Koordinatoren des gesamten wissenschaftlichen Projekts gewählt; da in diesen Fachbereichen der Schwerpunkt der Arbeit liegen wird, erscheint dies sinnvoll. Sie werden auch für uns die konkreten Ansprechpartner sein.

VOGLER: Sehr gut! Dass wir bereits heute Abend erste Resultate vorliegen haben, bedeutet einen unerwarteten Zeitgewinn.

WILCKENS: Ja, damit war kaum zu rechnen.

Gut – so weit hierzu. Herr Lamers, sie waren heute Vormittag auf dem Heiligenberg und haben der Untersuchung des Heidenlochs beigewohnt. Wie ist es gelaufen?

LAMERS: Ja, also – um es vorab zu sagen – ein restlos befriedigendes Ergebnis haben wir nicht erzielen können. Aber immerhin kennen wir nun die Örtlichkeit des bislang immer nur als Name bekannten Heidenlochs etwas genauer.

Von unseren Kollegen aus Mannheim hatte man uns einen Polizeibeamten zur Verfügung gestellt, der klettertechnisch äußerst versiert ist und bereits ähnliche Begehungen durchgeführt hat, Polizeimeister Stefan Wagner. Wir haben uns heute Morgen um neun Uhr auf dem Heiligenberg getroffen, wobei noch drei Beamte aus unserer Direktion und ein Vertreter des zuständigen Heidelberger Bauamtes dazukamen.

Zunächst galt es, formale Daten über den alten Schacht zu ermitteln. Von der Baubehörde hatte ich im Vorfeld auf eine entsprechende Anfrage ein äußerst bescheidenes Dossier erhalten, das auf der letzten Datenerhebung aus dem Jahre 1834 basierte. Daraus war lediglich zu erfahren, dass das Heidenloch ein alter Schacht oder Brunnen aus frühmittelalterlicher oder gar keltischer Zeit sei. Er habe eine Tiefe von über fünfzig

Metern und beinhalte kein Wasser. Darauf folgte dann der schlichte Hinweis, dass sich der Name Heidenloch etymologisch im Volksmund gebildet habe. Er bedeute, dass der Schacht von Heiden, beziehungsweise in heidnischer Zeit, angelegt worden sei – also vor der Christianisierung dieser Region. Letzteres würde natürlich für einen keltischen Ursprung sprechen. Eine zweite Theorie, die der Verfasser des Dossiers aber klar zurückweist, besage, dass der Name davon herrühre, dass in diesen Schacht einst Heiden hinabgestürzt worden seien.

Schließlich führt das Dossier noch einige, fantastisch klingende Sagen und Legenden zu diesem Ort an. So galt das Heidenloch im abergläubischen Mittelalter als Wohnort des Satans oder als das leere Grab eines Riesen. Später existierte dann die Legende, dass eine in den Schacht hinuntergelassene Gans erst neckaraufwärts beim entfernten Kloster Neuburg wieder aufgetaucht sei. Man munkelte hierbei von geheimen, unterirdischen Gängen, die sich durch den Fels des Heiligenbergs zögen. Schließlich ließ sich auch der französische Poet Victor Hugo bei einem Besuch zu einigen märchenhaften Theorien zum Heidenloch inspirieren – von einem geheimen Druidenzimmer bis hin zu einem Beinkeller eines ehemaligen Galgens.

Man sieht also, dass das Heidenloch dem Aberglauben reichlich Nahrung bot und immer wieder Gegenstand der fantastischsten Vermutungen wurde. Mit diesen Informationen endete schließlich das Dossier.

Vogler: Die Erklärung zur Etymologie des eigentümlichen Namens ist interessant. Träfe dies wirklich zu, so könnte der Brunnen viel älter sein, als ich dachte.

Wilckens: Ich hoffe, die Historiker werden uns dazu etwas Konkreteres sagen können.

Lamers: Es war jedenfalls klar, dass wir angesichts des spärlichen Informationsmaterials selbst Messungen durchführen mussten. Hier die Daten: Per Lotmessung ermittelten wir eine Tiefe von sechsundfünfzig Metern, der Durchmesser des

Schachtes beträgt am oberen Ende etwas mehr als drei Meter. Die Zisterne ist übrigens von einem niedrigen, bereits stark verwitterten Mäuerchen eingefasst, das mit Moos und Flechten bewachsen ist.

Daraufhin machte sich Polizeimeister Stefan Wagner bereit für den Abstieg. Ich muss sagen, es war gut, dass er als Beamter der Mannheimer Polizei nicht genau wusste, was der Hintergrund für diese Aktion war. Ich denke, von unseren Kollegen, die die infernalischen Gestalten zum Teil sogar selbst schon gesehen hatten, wäre kaum einer zu solch einer Expedition zu motivieren gewesen. So instruierte ich Wagner lediglich, dass er bis zum Grund des Schachts absteigen und sich dort genauestens umsehen solle.

Seine Ausrüstung bestand aus Kletterschuhen, die an der Spitze mit Eisendornen versehen waren, damit er leichter Halt fände; darüber hinaus hatte er eine Petroleumlampe bei sich, um unten überhaupt etwas sehen zu können. An einem sechzig Meter langen Bergseil, das er sich geschickt um die Brust schlang und verknotete, wurde er von den drei Beamten langsam hinuntergelassen.

Vorsichtig schwang er sich über die Mauer und gab schließlich das Zeichen, das Seil langsam und stetig nachzulassen. Ich trat an den Rand des Schachtes und beobachtete seinen ruhigen Abstieg; jeder Schritt war als ein metallenes Klacken zu hören. Nach etwa zehn Höhenmetern verschwand die kleiner werdende Gestalt langsam im Dunkel und war kurz darauf nicht mehr zu erkennen. Das von unten kommende Geräusch der Eisenspitzen auf dem Felsgestein und das gleichmäßige Hinabgleiten des straffen Seils waren nun die einzigen wahrnehmbaren Zeichen seines Abstiegs.

Bereits nach zehn Minuten wurde das Seil plötzlich schlaff und Wagners Stimme rief: ‚Bin unten'. Kurz darauf sah ich tief unter mir einen tanzenden kleinen Lichtpunkt, der aber schon bald immer blasser wurde und schließlich ganz verschwand. Etwas ratlos wartete ich einige Minuten und rief dann in fra-

gendem Ton seinen Namen hinunter in die Schwärze. Mit langsam wachsendem Unbehagen lauschte ich gebannt auf eine Antwort. Auch in den Gesichtern der neben mir stehenden Beamten war eine furchtvolle Spannung zu erkennen. Schließlich – mir kam es wie eine Ewigkeit vor – sah ich auf dem Boden der Zisterne wieder den kleinen Lichtpunkt, und schon rief Wagner herauf: ‚Wenn ich die Lampe gelöscht habe, kann der Aufstieg beginnen.'

Erleichtert lächelnd sahen wir einander an, und die Beamten zogen das Seil langsam straff. Die Lampe erlosch, und Wagners Aufstieg begann. Wiederum zehn Minuten später halfen wir ihm schließlich über die kleine Umrandungsmauer hinweg.

Sein Bericht war sachlich und recht kurz. Der Grund des Schachtes war trocken – wie es bereits im Dossier von 1834 steht – und mit modrigem Laub und morschem Kleinholz bedeckt. Ansonsten war hier keine Auffälligkeit zu beobachten außer einer Vielzahl kleinerer und größerer Blutflecken. Interessant dagegen war die Entdeckung eines circa mannshohen Spaltes im Fels knapp oberhalb des Grundes, der in südliche Richtung wies. Nachdem sich Wagner des Bergseils entledigt hatte, war es ihm problemlos gelungen, durch diese Öffnung zu treten und einem schräg abwärts führenden, natürlichen Gang zu folgen, der ihn nach etwa fünfzig Metern an einen jähen Abgrund führte. Hier endete Wagners Expedition, da der Weg sich in eine riesige Höhle öffnete, deren jenseitiges Ende in der Finsternis nicht zu erkennen war. Wagners Standort befand sich etwa zehn Meter in senkrechter Wand über dem Boden der Höhle. Über ihm gähnte eine düstere, unbegrenzte Leere, die das schwache Licht seiner Petroleumlampe vollkommen verschluckte. An ein Weitergehen war nicht zu denken.

Mit dieser geologischen Entdeckung einer bisher unbekannten Riesenhöhle im tiefsten Innern des Heiligenberges endete also Wagners kurze Expedition; es gab keine Möglichkeit, hier ohne spezielle Ausrüstung weiterzukommen. Er machte kehrt und ging wieder zurück in den Schacht der Zisterne. Ich fragte ihn, ob er auch in dem zur Höhle führenden Gang Blutspuren gesehen habe. ‚Ja, richtig. Das hätte ich ja beinahe vergessen. Auch hier waren am Boden vereinzelte Blutflecken zu erkennen. Eine merkwürdige Sache', sagte er mit gerunzelter Stirn, ohne auch nur zu ahnen, wessen Spuren er da gefolgt war.

Ja, und mit diesen verblüffenden Erkenntnissen endete unsere Untersuchung des Heidenlochs.

WILCKENS: Das ist in der Tat ein überraschendes Ergebnis. Klingt wie die Pforte zur Hölle.

VOGLER: Hölle oder nicht, sicher ist, dass dies der Weg der Schattenwesen zur Welt ist. Über ihn kommen sie nachts empor und über ihn verschwinden sie mitsamt ihrer grausigen Beute.

SCHANZ: Da stellt sich doch die Frage, ob man diesen Zugang nicht einfach versperren kann – zum Beispiel den Schacht zuschütten oder den Felsspalt zumauern.

LAMERS: Das hatte ich auch schon in Erwägung gezogen, doch ich bezweifle, dass wir auf diesem Weg erfolgreich wären. Ich denke, das Zumauern der Spalte würde den ungeheuerlichen Kräften dieser Wesen nicht standhalten. Ein Zuschütten der Zisterne dürfte andererseits am großen Raumvolumen und der dazu notwendigen Zeit scheitern und letztlich wohl ebenfalls an der Zerstörungskraft der Bestien. Ich kann mir einfach nicht vorstellen, dass sie sich auch in solchem Fall nicht auf irgendeine andere Weise ihren Weg aus der Tiefe bahnen könnten.

WILCKENS: Wenn wir langfristig keine andere Lösung finden, sollte man es trotzdem versuchen. Wir können in der Wahl unserer Mittel leider nicht besonders großzügig sein. In jedem Fall sollten wir zunächst einmal die Ergebnisse der Wissenschaftler abwarten – danach kann man weitersehen.

Gut, ich denke, wir können es für den Moment dabei belassen und diese Sitzung beenden. Am Abend wissen wir hoffentlich bereits mehr. Ich erwarte sie, sagen wir, um acht Uhr wieder hier. Dann wird auch der provisorische wissenschaftliche Bericht vorliegen. Also auf Wiedersehen, meine Herren, und bis heute Abend."

III

Die Suche beginnt …

Vorläufiger Bericht des wissenschaftlichen Beirats der Untersuchungskommission vom 27. Juni 1907:

„Zunächst einmal ist es uns ein großes Bedürfnis und eine angenehme Verpflichtung, allen Kollegen, die zum sehr kurzfristigen Entstehen dieses wissenschaftlichen Kommuniques beigetragen haben, unseren herzlichen Dank auszusprechen. Uns allen war die Dringlichkeit der Aufgabe bekannt, dennoch war es nicht selbstverständlich, dass die Kollegen alle universitären Veranstaltungen absagten und sich umgehend der Erforschung der Hintergründe jener unglaublichen Geschehnisse auf dem Heiligenberg widmeten.

Einleitend wollen wir kurz referieren, in welche Richtungen sich unsere Arbeiten bewegten. Ausgehend von den tragischen und grauenhaften Informationen, die uns vorlagen, galt es zunächst, den historischen und kulturellen Hintergrund des Heiligenberges zu erhellen. Der hervorragende Hinweis von Dr. Rosenfeld war hier wegweisend, wie sich im Folgenden zeigen wird. Es kristallisierte sich – das sei vorab gesagt – eine ungeheuerliche Vermutung heraus, die sich als Resultat unserer Forschungen ergeben hat. Wie mit dieser These umzugehen ist, können eventuell die weiterlaufenden Recherchen ergeben.

Beginnen wir einführend mit einer kurzen Übersicht zur Früh- und Siedlungsgeschichte des Heiligenberges: Erste Siedlungsspuren im Umfeld des Berges lassen sich archäologisch in die so genannte Urnenfelderzeit (1250 bis 850 v. Chr.) einordnen. Darauf folgend gibt es deutliche Relikte aus der Eisenzeit, in der wohl auch die Kelten in diesem Gebiet erschienen.

Spuren von deren Existenz sind zwei Ringwälle aus der La-Tène-Epoche (500 bis 250 v. Chr.), die sich, noch heute deutlich erkennbar, um den Hauptgipfel des Heiligenbergs ziehen. Wo jetzt die Ruinen des Michaelsklosters stehen, existierte außerdem in vorrömischer Zeit eine Kultstätte des Gottes Wotan, die wohl von einer kleinen Ansiedlung mit Weideflächen umgeben war.

Die Römer, die die Kelten verdrängten, kamen ab etwa 50 n. Chr. rheinabwärts in den Neckarraum. In dieser Zeit wurde auf dem Hauptgipfel nun ein kleiner Tempel für den Gott Merkur errichtet und auf dem Vorberg einer jener hölzernen Wach- und Beobachtungstürme, wie sie auch am Limes genutzt wurden. Damit konnten die Römer sowohl das Neckartal als auch die Rheinebene überblicken.

Die nächsten Herren des Heiligenberges waren dann die Alemannen, die im 4. Jahrhundert die Römer rheinaufwärts zurückdrängten. Auf dem Vorberg kam es laut dem römischen Geschichtsschreiber Ammianus Marcellinus im Jahre 369 zu einer vernichtenden Niederlage der Römer. Die Alemannen haben dann wohl selbst auf dem Heiligenberg gesiedelt. Die folgenden dreihundert Jahre liegen aber im Dunkeln; erst mit den Merowingern im 7. Jahrhundert kann man wieder gesichert von einer Ansiedlung ausgehen.

Mit der Epoche der Karolinger schließlich wird die Überlieferung wieder zuverlässig und auch umfangreicher. Die mächtige Reichsabtei Lorsch errichtete um 870 unter Abt Thiotroch auf den Resten des römischen Merkurtempels eine kleine Michaelskirche. Um diese herum wurden Klosterbauten aus Holz errichtet – das steinerne Michaelskloster, wie es heute noch als Ruine existiert, entstand erst im Jahr 1023. Diese bescheidene Neugründung auf dem damals ‚Abirinsberg' – das heißt etwa ‚sonnenbeschienener Berg' – genannten Heiligenberg beherbergte nur eine kleine Zahl an Mönchen. Im Jahr 1090 wurde dann schließlich vom Propst des oberen Klosters auf dem Vorberg das kleine Stephanskloster gegründet. Beide Einrichtungen erreichten allerdings keine nennenswerte Bedeutung und standen bereits zur Zeit der Reformation leer, womit auch ihr baulicher Verfall einsetzte. Mit diesen beiden Klöstern war die bauliche Siedlungsgeschichte des Heiligenbergs eigentlich abgeschlossen.

Zu diesen Objekten kam dann erst wieder im Jahr 1883 der vom Verschönerungsverein Neuenheim errichtete Aussichtsturm auf dem Vorberg hinzu. Neben diesen Bauwerken bleibt als letztes, von Menschenhand errichtetes Objekt auf den beiden Kuppen des Heiligenberges noch das Heidenloch zu nennen.

Auf Grund der schrecklichen Ereignisse ist dieser alte Schacht von zentraler Bedeutung. Leider gibt es zu dessen Entstehung keine historische Überlieferung. Aus archäologischer Sicht wird er in die keltische Zeit datiert und als Brunnen oder als Kulturschacht interpretiert – eine wichtige Beobachtung, wie sich später noch zeigen wird.

Soweit also siedlungsgeschichtlich zum Heiligenberg; diese Details sind für das Verständnis des Folgenden recht wichtig. Der Hinweis von Dr. Rosenfeld, der sich angesichts der aktuellen Katastrophe an etwas Ähnliches aus der Vergangenheit des Berges erinnerte, entpuppte sich als entscheidender Schlüssel für eine unglaubliche Entdeckung, deren Konsequenzen noch in keiner Weise absehbar sind.

Mit der vagen Vorstellung, nach einer vergleichbaren Schreckensphase in der Geschichte des Berges zu suchen, wurde die gesamte bekannte Überlieferung auf eine Analogie hin durchforstet. Dies geschah chronologisch rückwärts, also von der quellenreichen Neuzeit zurück in Richtung Mittelalter. Nach langer, ergebnisloser Suche durch diverse Geschichtsquellen wurde schließlich eine kurze Schilderung aus frühmittelalterlicher Zeit gefunden, die eine große Überraschung darstellte.

Der Lorscher Codex, das alte Besitzverzeichnis der Reichsabtei Lorsch, die ja das Michaelskloster um 870 gegründet hat, verzeichnet zum Jahr 907 folgende Ereignisse:

‚… Unsere Mitbrüder auf dem Abirinsberg sind in großer Sorge gewesen. Drei Mönche sind vor der Zeit zum Heiligen Gott berufen worden durch das Werk des gefallenen Erzengels und seiner Helfer aus der Hölle. In nächtlichem Ritt kamen sie über Sankt Michael. Die Häuser der Mönche aus dem Holz des Waldes sind zerstört und drei Mitbrüder starben darin. Nur in der Kirche aus Stein waren die Übrigen sicher. Nach zwei weiteren Nächten mit den anstürmenden Mächten der Finsternis haben die Brüder ihre heilige Stätte verlassen und hier Schutz gefunden. Nach drei Monaten kehrten sie zurück auf den Abirinsberg, wo sie die Kirche allein unzerstört fanden und ihr frommes Werk mit Gottes Hilfe neuerlich verrichten konnten …‘

Soweit das Zitat aus dem Lorscher Codex. Man muss bei einer mittelalterlichen Quelle immer in Rechnung stellen, dass die damalige Vorstellungskraft eine andere war. So beschrieb und deutete man Phänomene natürlich auch ganz anders als heute. Als wir diese Passage gelesen hatten, war jedem von uns klar, dass wir auf einer ungeheuerlichen Fährte waren, deren Endpunkt nicht absehbar sein würde.

Anhand der Jahresangabe 907 aus dem Lorscher Codex wurde nun vergleichend eine penible, breit angelegte Quellensuche begonnen. Schließlich konnten hierzu noch drei weitere zeitgenössische Schilderungen gefunden werden, von denen die Folgende die ausführlichste ist. Es handelt sich um einen Auszug aus den ‚Annales monasterii Sancti Michaelis‘, den hauseigenen Annalen des Klosters auf dem Heiligenberg, die allerdings erst circa hundert Jahre nach dem betreffenden Jahr verfasst worden sind. Dort heißt es zu 907:

‚… Sankt Michael ist für drei Monate nach Sonnenwend‘ verlassen worden. Die Hölle hat sich aufgetan am Abirinsberg, und drei Brüder sind ihrer Häupter beraubt worden und gestorben. Der Berg ist kahl geworden, viele Bäume sind umgefallen und der Wald war verwüstet. Das Kloster war zertrümmert, und die Mönche gingen in großer Furcht nach Lorsch. Mit Gottes Hilfe wurde aber alles wieder aufgebaut …‘

Die nächste Quelle ist die ‚Continuatio Regionis chronicon' des Adalbert von Magdeburg, der von den Vorfällen allenfalls durch Hörensagen in Kenntnis gekommen sein konnte:

‚... Anno 907 war der Angriff der schwarzen, apokalyptischen Reiter auf das Kloster Sankt Michael bei Ladenburg. Die Häuser wurden zerstört, Mönche starben ...'

Die letzte Schilderung schließlich stammt aus dem ‚Chronicon' des Hermann von der Reichenau, die erst weit über hundert Jahre nach dem Geschehen entstand:

‚... Im Jahre 907 der Fleischwerdung des Herrn hat Luzifer die tausendjährige Pforte geöffnet und mit seinen Teufeln das Kloster Sankt Michael angegriffen. Viele Mönche wurden getötet, andere flohen. Erst später wurde das Kloster neu errichtet ...'

Zweierlei ist bei der Betrachtung und Auswertung dieser Quellen erschreckend: Zum einen ist es die frappierende Ähnlichkeit des für die mittelalterlichen Menschen höllischen Geschehens mit den entsetzlichen Ereignissen unserer Tage. Zum anderen ist es der Ausdruck ‚tausendjährige Pforte' bei Hermann von der Reichenau. Automatisch addiert man zum Schreckensjahr 907 eintausend weitere Jahre, und schon befindet man sich in der realen Gegenwart. Zeitlich noch näher rückt man dem Grauen unserer Tage, wenn man berücksichtigt, dass in den ‚Annales monasterii Sancti Michaelis' von der Zeit nach Sonnenwend' gesprochen wird. Dies entspricht der Sommersonnenwende, also dem 21. Juni. Die aktuellen Geschehnisse auf dem Heiligenberg begannen auch in der Nacht dieses Tages.

Beängstigend und unglaublich zugleich liegt hier wohl der Schlüssel zum Verständnis der entsetzlichen Vorkommnisse der letzten Tage. Doch zunächst noch einmal zurück zu den Quellen, um möglichst keinen Hinweis zu übersehen, der darin verborgen sein könnte. Das spezielle Augenmerk solch vertiefter Analyse liegt natürlich auf dem Vergleich mit den gegenwärtigen Schrecknissen.

Stellt man den kulturellen Hintergrund eines frühmittelalterlichen Geschichtsschreibers in Rechnung, so darf man die aus der christlichen Vorstellungswelt stammenden Umschreibungen mit dem gefallenen Erzengel und seinen höllischen Helfern freier interpretieren. Zum einen wurden in jener Zeit sogar Naturkatastrophen oder auch Hunneneinfälle gerne als Werk des Teufels aufgefasst, zum anderen herrschte damals die ständige Angst vor der eschatologischen Erfüllung biblischer Prophezeiung, also vor dem Beginn der Apokalypse, wie sie in der Offenbarung des Johannes angekündigt ist. Alle negativen Vorkommnisse wurden immer auch als Vorzeichen des nahenden Weltendes verstanden; grundsätzlich ging man davon aus, im letzten Weltzeitalter zu leben. Dieses Bewusstsein des frühmittelalterlichen Menschen macht die obigen Quellenzeugnisse zu typischen Beispielen für diese Angst vor der Ankunft des Satans.

Berücksichtigt man bei den vier Schilderungen nur die inhaltlichen Elemente, die nicht mehrfach erscheinen, so ergeben sich mehrere Mosaiksteine, die sich zu folgendem Bild zusammenfügen lassen: Aus der Chronik Hermanns von der Reichenau gilt es, die ‚tausendjährige Pforte' festzuhalten. Bei Adalbert von Magdeburg ist das Adjektiv ‚schwarz' für die Beschreibung der höllischen Wesen interessant. Die ‚Annales monasterii Sancti Michaelis' liefern als einzige Quelle gleich drei wichtige Informationen: erstens die Zeitangabe ‚für drei Monate nach Sonnenwend', wobei die drei Monate entweder für die Dauer des Schreckens oder für die Zeit des Exils der Mönche stehen können; zweitens die Todesart jener Mönche – Enthauptung –; drittens die Erwähnung von Verwüstungen des umliegenden Waldes. Der Lorscher Codex schließlich berichtet als Einziger von den ‚nächtlichen' Attacken der höllischen Wesen. Fügt man diese Einzelelemente zu einem Ganzen zusammen, so ist die Übereinstimmung mit den heutigen Vorkommnissen nahezu unerträglich. Auch wenn man die Nennung Satans oder der apokalyptischen Reiter durchaus als ein – wie oben geschildert – abergläubiges Produkt jener Zeit abtun kann, bleibt doch die beängstigende Frage, was auf dem Heiligenberg im Abstand von tausend Jahren sein grauenvolles Unwesen treibt.

Ohne nun ebenfalls in jene Angst vor der beginnenden Apokalypse verfallen zu wollen, muss an dieser Stelle nichtsdestotrotz die Johannes-Offenbarung selbst zitiert werden, da auch hier im 20. Kapitel eine Spanne von tausend Jahren geschildert wird. Und dies auf eine Weise, die in unserem Zusammenhang durchaus schockierend wirkt:

‚... Und ich sah einen Engel vom Himmel herabfahren, der hatte den Schlüssel zum Abgrund und eine große Kette in seiner Hand. Und er ergriff den Drachen, die alte Schlange, das ist der Teufel und der Satan, und fesselte ihn für tausend Jahre, und warf ihn in den Abgrund und verschloss ihn und setzte ein Siegel oben darauf, damit er die Völker nicht mehr verführen sollte, bis vollendet würden die tausend Jahre. Danach muss er losgelassen werden eine kleine Zeit ... Und ich sah die Seelen derer, die enthauptet waren um des Zeugnisses von Jesus und um des Wortes Gottes willen ... Und wenn die tausend Jahre vollendet sind, wird der Satan losgelassen werden aus seinem Gefängnis und wird ausziehen, zu verführen die Völker an den vier Enden der Erde, Gog und Magog, und sie zum Kampf zu versammeln ...‘

Soweit die Auszüge aus dem 20. Kapitel der Johannes-Offenbarung. Der erste Eindruck ist erschreckend, und man ist geneigt, tatsächlich die Erfüllung dieser Prophezeiung für gekommen zu halten. Zusammengefasst ist hier immerhin die Rede von Satan, der in einem Abgrund tausend Jahre warten muss, bevor er für eine kleine Zeitspanne losgelassen wird, um mit dämonischen Helfern über die Erde zu kommen. Außerdem werden Enthauptete erwähnt – ein Umstand, der vor unserem Hintergrund in der Tat Angst und Entsetzen auslöst. Dies relativiert sich aber im weiteren Kontext der Offenbarung, die als äußerst visionär und allenfalls allegorisch zu betrachten ist. Der Prophet Johannes schildert darin nichts anderes als

Traumbilder, die ihm erschienen sind. So sind mit den Enthaupteten konkret die christlichen Märtyrer gemeint, die für ihr Bekenntnis getötet wurden – in diesem Fall ist die Übereinstimmung also rein zufällig. Dennoch bleibt bei aller modernen und rationalen Textkritik hier ein schaler Geschmack zurück, denn eine gewisse Analogie zum Gegenstand unserer Forschungen lässt sich einfach nicht wegdiskutieren. Wir werden uns dieser Problematik noch von philologischer Seite zu nähern haben; eventuell basieren die erschreckenden Ähnlichkeiten ja auf einem älteren, legendenhaften und volkstümlichen Aberglauben, auf den der Prophet mangels anderer Ideen für sein Szenario einfach zurückgegriffen hat.

Für unsere Untersuchung ergab sich durch die Erwähnung der ‚tausendjährigen Pforte' bei Hermann von der Reichenau und der ähnlichen Schilderung in der Apokalypse als weiteres Ziel eine Klärung der Frage, ob für dieses Bild eine ältere literarische Vorlage existiert haben könnte. Gleichzeitig entstand die folgerichtige Überlegung, ob sich neben 1907 und 907 bereits tausend Jahre vorher die Pforte auf dem Heiligenberg geöffnet haben könnte; dies würde in das Jahr 93 v. Chr. führen.

Hinsichtlich der lokalen historischen Überlieferung verlief diese Suche ergebnislos – es gibt nur ganz wenige Quellenzeugnisse, die aus vormittelalterlicher Zeit stammen und über den Heiligenberg berichten. Dort war leider keinerlei Hinweis zu finden. Also mussten wir das weite Feld der römischen und spätantiken Geschichtsschreibung betreten. Nach langer Suche fanden wir schließlich insgesamt drei Zeugnisse, die in vager, aber doch zutreffender Form über die ‚tausendjährige Pforte' berichten.

Die jüngste Quelle hiervon ist die ‚Historia Francorum' des Gregor von Tours, der etwa 540 bis 594 lebte und Bischof von Tours war. Im zweiten Buch dieses Werkes heißt es:

‚... In der Landschaft, wo Rhein und Neckar zusammentreffen, liegt ein felsiger Schlund, den das Volk kennt als das Tor der tausend Jahre. Geister und Schatten sollen hier in dunkler

Tiefe hausen. Als Roms Reich noch jenseits der Alpen seine Grenzen hatte, sollen sie aus der Finsternis gekommen sein und den Tod mit sich gebracht haben ...'

Die zweite Quelle ist die berühmte ,Germania' des Tacitus, die als ethnographische Sammlung von Berichten Reisender in Germanien um 98 n. Chr. entstanden ist. Hier findet sich nur ein vager Hinweis:

,... Aberglaube und die Angst vor Dämonen ist sehr groß bei ihnen. Es soll einen Ort geben, der Pforte der tausendjährigen Wiederkehr heißt. Hier, so glauben sie, treten die Dämonen in die Welt ...'

Plinius der Ältere (23 bis 79 n. Chr.) ist schließlich der früheste Zeuge, der mit dem Objekt unserer Suche vertraut ist. In seiner enzyklopädischen Naturgeschichte heißt es in knappen Worten:

,... Bekannt ist bei den barbarischen Kelten ein tiefer Felsenschacht. Dieser soll sich in jedem tausendsten Jahr öffnen, und große Schatten sollen daraus emporkommen, die Menschen zerreißen und in der Tiefe fressen ...'

Dies sind die ältesten überlieferten Hinweise auf jene ,tausendjährige Pforte'. Geographisch lässt sich diese bei Gregor von Tours noch recht deutlich auf dem Heiligenberg lokalisieren; bei Tacitus und Plinius d. Ä. lässt sich dies allenfalls vermuten. Was bei allen dreien im Vergleich zu den mittelalterlichen Dokumenten auffällt, ist die Tatsache, dass hier keine Rede ist von Teufeln oder höllischen Mächten, sondern allgemeiner und neutraler von Geistern und Schatten. Da beide Quellengruppen dasselbe Phänomen beschreiben, zeigt sich hier deutlich, wie stark die christlich-endzeitliche Vorstellungswelt des Mittelalters die zeitgenössische Geschichtsschreibung verfärbte und in Deutungsfragen bestimmte. Des Weiteren gehen wir davon aus, dass die bei Tacitus und Plinius d. Ä. überlieferten Phänomene auch dem Verfasser der Apokalypse bekannt waren, der sie in die Form seiner allegorischen Traumbilder brachte und ausschmückte.

Die Johannes-Offenbarung griff also lediglich auf einen älteren Stoff zurück, den sie in einen christlich-eschatologischen Kontext integrierte.

Immerhin kamen wir zu der Überzeugung, dass unsere Theorie der Ereigniskette 93 v. Chr., 907, 1907 höchstwahrscheinlich zutreffend ist. Gregor von Tours datiert den von ihm geschilderten Vorfall in die Zeit, als Gallien noch nicht zum Römischen Reich gehörte; also vor Caesars gallischem Feldzug (58 bis 52 v. Chr.). Tacitus spricht von der ‚Pforte der tausendjährigen Wiederkehr' und Plinius d. Ä. von jedem ‚tausendsten Jahr'. Damit ist davon auszugehen, dass das tausendjährige Schreckensereignis bereits zum mindestens dritten Mal eingetreten ist.

Die nahe liegende Konsequenz war natürlich die Suche nach Berichten zum Jahr 1093 v. Chr. – die griechische Geschichtsschreibung war unser Terrain. Doch um es klar zu sagen, wir wurden in keinerlei Weise fündig. In keiner Quelle konnte auch nur die entfernteste Analogie zur ‚tausendjährigen Pforte' gefunden werden. Das konnte nun auf zweierlei Art und Weise interpretiert werden: Entweder hatte es vor 93 v. Chr. kein vergleichbares Ereignis mehr gegeben oder die Kunde davon hatte die hellenische Welt einfach nicht erreicht. Ein Urteil in dieser Frage ist uns im Augenblick leider nicht möglich. Wieder einmal zeigt sich hier, wie fatal das Fehlen lokaler Geschichtsschreibung sein kann. Für uns muss das Jahr 93 v. Chr. als ältester, dokumentierter Zeitpunkt in der Kette des Grauens gelten. Die keltische Epoche und die davorliegende Bronzezeit werden für immer im Dunkeln bleiben – Ereignisgeschichte ist aus rein archäologisch gewonnenen Erkenntnissen nicht ableitbar. Wir müssen also leider sagen, dass unsere Bemühungen in dieser Richtung in einer Sackgasse stecken geblieben sind.

Aber wir wollen noch einmal zu der Passage aus der Naturgeschichte von Plinius d. Ä. zurückkehren, die als einzige der drei Quellen eine grausige Angabe enthält, die über die bereits gesammelten Informationen hinausgeht. Es heißt hier, dass die großen Schatten Menschen zerreißen und in der Tiefe fressen. In keinem der bislang aufgeführten Zeugnisse war eine Beschreibung dieses bestialischen Vorgehens enthalten, wie es sich ja leider Gottes auch in unserer tragischen Gegenwart abzuspielen scheint. Plinius d. Ä. kann von den Abscheulichkeiten, die er berichtet, nur vom Hörensagen gewusst haben; es ist denkbar, dass das Abreißen des Kopfes als inhaltliches Detail auf dem langen Weg der Überlieferung verloren gegangen ist und ihn nicht mehr erreichte. Dies mag erklären, warum er nur von einem Zerreißen der Körper spricht.

Neu und in der Konsequenz geradezu unerträglich ist dagegen die Information, dass die Wesen ihre davongetragenen menschlichen Beutestücke letztlich verzehren. Weder in den heutigen polizeilichen Ermittlungen noch in den bisher gefundenen alten Quellen hat sich ein solches Verdachtsmoment auch nur ansatzweise ergeben. Bei erster Betrachtung der tragischen Ereignisse war in unserem Kreis eher die Vermutung aufgekommen, hier Ähnlichkeiten zum schrecklichen keltischen Kopfkult feststellen zu können. Bekanntlich war bei den Kelten der Brauch der Kopfjagd weit verbreitet – ethnologisch vergleichbar mit noch heute existierenden Traditionen bei Urwaldvölkern wie den Dajak auf der Insel Borneo. Im keltischen Glauben galt der Kopf als Hort göttlicher Eingebungen und als Zentrum menschlicher Stärke und Energie. Diese Werte und Essenzen sollten auf denjenigen übergehen, der sich in den Besitz des Kopfes brachte. Nach einer erfolgreichen Jagd wurde der erbeutete Kopf an den Sattel gehängt – mit der darin enthaltenen Stärke sollte sich die Kampfkraft des keltischen Kriegers erhöhen.

Unsere erste Überlegung war gewesen, in den drei Schrekkensszenarien von 93 v. Chr., 907 und 1907 Reminiszenzen jenes keltischen Kultes vorzufinden. Wenngleich eine solche Interpretation natürlich widersinnig erscheinen musste vor dem erwiesenen Hintergrund, dass diese grauenhafte Tradition in unseren europäischen Breitengraden – Gott sei Dank – seit Jahrhunderten oder eher Jahrtausenden ausgestorben ist. Dennoch waren wir willens, auch das Unmögliche in Betracht zu ziehen. Mit Plinius d. Ä. aber gelangte diese unsere Theorie von einem Zusammenhang zwischen dem realen Grauen und dem keltischen Kopfkult an ihr Ende. Denn aus der keltischen Kultur und Geschichte war keinerlei Form von Menschenfresserei oder Kannibalismus bekannt. Gerade dies aber wird von Plinius d. Ä. unmissverständlich berichtet.

Für unsere weiteren Forschungen ergibt sich aus all diesen Erkenntnissen nun folgende Marschrichtung: Die Suche nach einem Kulturkreis oder einer Überlieferung, die alle bislang gefundenen Einzelelemente auf sich vereinigt. Zum einen den tausendjährigen Rhythmus mit einer ‚Pforte' auf dem Heiligenberg, zum anderen übergroße, schattenhafte Wesen, die Kopfjagd betrieben und ihre Beute verzehrten. Wir wollen dabei nun auch stärker die Philologie nutzen, um so hoffentlich im Bereich der Sagen, Legenden oder der Mythen fündig zu werden.

Abschließend bleibt zu sagen, dass wir planen, am morgigen Tag zu einem, für Ihre Kommission hoffentlich nützlichen Ende unserer Untersuchungen zu gelangen. Wir werden Ihnen das entsprechende Kommunique sobald als möglich vorlegen. Außerdem stehen wir Ihnen natürlich jederzeit für inhaltliche Fragen zur Verfügung.

Wir hoffen auf eine möglichst ereignislose, ruhige Nacht und wünschen Ihnen allen erdenklichen Erfolg bei Ihren Anstrengungen, die Stadt Heidelberg und ihre Bewohner vor der drohenden, entsetzlichen Gefahr zu schützen.

Stellvertretend für alle unsere Kollegen verbleiben wir hochachtungsvoll

Prof. Karl Hampe Prof. Friedrich von Goden"

❖

Drittes Sitzungsprotokoll der Untersuchungskommission zu Heidelberg vom 27. Juni 1907:

„WILCKENS: Guten Abend. Trotz bereits vorgerückter Stunde sollten wir zwei wichtige Dinge besprechen; zum einen die Ergebnisse des vorläufigen wissenschaftlichen Berichts und zum anderen das Procedere für die heutige Nacht. Wir müssen uns hierbei aber etwas kürzer fassen, da Polizeidirektor Lamers und Inspektor Schanz noch vor Einbruch der Dunkelheit in Handschuhsheim sein wollen, um die Vorbereitungen dort koordinieren zu können.

VOGLER: Vor Ihrem Aufbruch würde ich aber noch gerne kurz über ein Gespräch berichten, das ich heute Nachmittag mit dem Innenminister des Großherzogtums Baden geführt habe. Daraus hat sich für unsere Kommission die nachdrückliche Rückendeckung von Seiten des Ministeriums ergeben und außerdem ein recht rigoroser Handlungsvorschlag, der zumindest erwägenswert ist.

Gut, aber zunächst zu den Ergebnissen der Wissenschaftler. Ich mochte kaum glauben, was da zu lesen war. Diese verhängnisvolle Kette mit den tausendjährigen Intervallen übersteigt alle Vermutungen, die ich persönlich angesichts der Umstände hatte. Eigentlich hatte ich nie ganz die Hoffnung aufgegeben, doch noch eine letzten Endes nachvollziehbare Antwort, eine unerwartete zwar, aber letztlich eher profane Antwort, zu erhalten. Nun aber, angesichts einer durch die Weltgeschichte verlaufenden periodischen Wiederkehr eines unerklärlichen und grauenhaften Schreckens, der mit realen Vorstellungen nichts mehr gemein hat, befällt mich eine große Rat- und Hilflosigkeit. Man fühlt sich einer übernatürlichen Geißel Gottes ausgeliefert, die schon seit Jahrtausenden regelmäßig die Menschheit heimsucht. Angesichts solcher scheinbar ritualisierter Schreckensgewalt sind wir heute, im modernen Zeitalter der Industrialisierung, nicht weniger hilflos als die Menschen der Eisenzeit. Für mich liegt die letzte Hoffnung darin, dass die Forscher herausfinden, wer diese Schattenwesen letztlich sind, und hoffentlich auch einen Schlüssel entdecken, um deren entsetzlichem Treiben Einhalt zu gebieten.

WILCKENS: Für mich war die Analogie zur Apokalypse geradezu erstickend – die Vorstellung eines losgelassenen Satans trifft bei aller modernen Aufgeklärtheit jeden Christenmenschen bis ins Mark; es wäre die Personifizierung unaussprechlicher und beklemmendster Urängste.

Es war daher fast erleichternd zu sehen, dass das Ereignis nicht singulär ist, sondern bereits zweimal stattgefunden hatte. Dies sieht die Johannes-Offenbarung nicht vor – die Apokalypse ist, oder besser, wird ein einmaliges Szenario sein. Dass bei den Quellen zu 907 immer von Teufeln die Rede war, ist ja durch die älteren Zeugnisse relativiert, die nur von Geistern und Schatten sprechen. Vielleicht müssen wir uns tatsächlich der Theorie gegenüber öffnen, dass es eine Welt der Geister und Schatten gibt, die parallel zu unserer Wirklichkeit existiert. Würde man dies akzeptieren, so könnte man vielleicht auch mit der Konsequenz leben, dass durch bestimmte Tore und zu bestimmten Zeiten ein Wechsel zwischen beiden Welten möglich ist.

LAMERS: Eine interessante These.

WILCKENS: Die zugegebenermaßen aber nicht von mir stammt, sondern seit einiger Zeit die Literatur durchwandert und in gewissen okkulten Zirkeln besonderen Zuspruch findet.

VOGLER: Ah, ich verstehe – Madame Blavatsky und ihre Gesinnungsgenossen.

WILCKENS: Ja, so ähnlich. In der modernen fantastischen Literatur ist diese Zwei-Welten-Theorie ebenfalls außerordentlich beliebt. Sie ist Gegenstand mehrerer Geschichten von Autoren wie Ambrose Bierce, Algernon Blackwood oder auch H. G. Wells. Das Phänomen wird hierbei auch oft als Sprung in eine andere, unbekannte Dimension dargestellt, die fremdartige Lebensformen beheimatet und parallel neben unserer Welt existiert.

Schanz: Das hieße in unserem konkreten Fall, dass alle tausend Jahre fremdartige Wesen aus ihrer in unsere Welt wechseln, wobei das Heidenloch als Durchgang fungiert.

Vogler: Gut, aber hinter allen Dingen steckt ja immer auch ein Grund – wo ist er hier? Es kann doch kein Selbstzweck sein oder ein ehernes Naturgesetz wie die ewige Wiederkehr von Sommer und Winter. Irgendetwas motiviert diese Schattenwesen doch, in unsere Welt – sagen wir – hinüberzuwechseln, und sei es – verzeihen sie die makabre Formulierung – der Hunger auf menschliche Köpfe.

Schanz: Aber warum kommen sie dann nicht häufiger? Es kann doch nicht sein, dass sie nur exakt alle tausend Jahre zur Sonnenwende ‚Hunger' bekommen und entsprechend aktiv werden.

So erschreckend und unfassbar die von unseren Wissenschaftlern entdeckte Periodik des Grauens auf den ersten Blick auch wirkt, ich fühle mich durch sie in meiner von Anfang an vertretenen These bestätigt: Die Wesen unterliegen Gesetzen und Konditionen, die sie – auch wenn sie es gerne wollten – offenbar nicht beeinflussen oder ignorieren können. Aus unerfindlichen Gründen dürfen sie nur in tausendjährigem Abstand zur Sonnenwende ihrer nächtlichen, bestialischen Kopfjagd nachgehen.

Wilckens: Das klingt nach einem Zauber oder einer Art Bann, der diese Wesen bindet. Als ob ein ewiger Fluch ausgesprochen worden wäre, der sich in stetigem Rhythmus wiederholt – eine schicksalhafte Heimsuchung.

Vogler: Was aber treibt die Wesen dazu, sich lediglich mit den Köpfen zu begnügen? Wären es klassische Menschenfresser, so dürfte man erwarten, dass sie die ganzen Körper mit sich nähmen. Da es sich – wie der wissenschaftliche Bericht deutlich macht – nicht um eine Form des keltischen Kopfkults handelt, was gewiss nachvollziehbarer wäre, stellt sich die Frage, warum sich die Wesen in dieser Frage bescheiden.

LAMERS: An der Richtigkeit der Passage bei Plinius d. Ä. ist jedenfalls nicht zu zweifeln. Die heutige Untersuchung des Heidenloches hat ja gezeigt, dass die Wesen die Köpfe mit sich in die Tiefe nehmen. Wir können wirklich nur hoffen, dass die Wissenschaftler fündig werden – bislang ergibt das alles keinen rechten Sinn.

VOGLER: Immerhin wissen wir bereits erheblich mehr – leider mehr Grauen erregendes – als noch heute Mittag. Das Mysterium ist vom Einzelfall zum Glied einer Kette geworden. Wir werden abwarten müssen, was die nun eher philologisch ausgerichtete Untersuchung hervorbringen wird. Wenn die Forscher hier fündig werden sollten, so befürchte ich, dass uns ein noch größerer Schock bevorsteht als nach dem vorläufigen Kommunique.

WILCKENS: Das mag stimmen. Aber es bleibt die winzige Hoffnung, dass zugleich ein Mittel gefunden werden könnte, um diesen Spuk zu beenden. Übrigens scheinen wir alle eine weitere Zeitangabe geflissentlich zu übergehen, nämlich die der jeweiligen Dauer einer solchen Schreckensperiode. Im Lorscher Codex wird ja von drei Monaten gesprochen, während derer die Mönche das Kloster verlassen hatten. Worauf sich die Zeitangabe letztlich bezieht – so sagt es auch der wissenschaftliche Bericht –, bleibt unklar. Ich hoffe sehr, dass damit nicht die Dauer der grauenhaften Offensive gemeint ist – es liegt noch nicht einmal eine Woche hinter uns.

Gut, kommen wir nun aber zu den Vorbereitungen und Maßnahmen für die bevorstehende Nacht. Wie ist der Stand der Dinge, Herr Lamers?

LAMERS: Wir werden dieselbe Strategie wie in der letzten Nacht anwenden, kontrolliertes Zurückweichen. Wie wir gesehen haben, ist dieses Konzept trotz des tragischen Verlustes des älteren Ehepaars aufgegangen. Ich muss auch ehrlich gestehen, dass wir im Moment leider keine Alternative kennen. Der Einsatz von Waffen, der sich ja schon als zwecklos herausgestellt hat, kommt nicht in Betracht. Ebenso wenig ein

Zuschütten des Heidenlochs – wir hatten diese Möglichkeit ja bereits kurz diskutiert.

Insofern bleibt es dabei: Wir werden erneut eine dichte Postenkette aus Polizeibeamten um den Bergrücken des Heiligenbergs aufstellen und versuchen, mittels Frühwarnung die Bevölkerung rechtzeitig in Sicherheit zu bringen.

SCHANZ: Personell haben wir in großem Umfang aufgestockt, sodass nun an die dreihundert Polizeikräfte eingesetzt werden.

Herr Lamers und ich werden außerdem versuchen, die Wesen selbst einmal zu sehen, wenn dies möglich ist. Bislang kennt unsere Kommission sie ja nur aus Berichten, aber nicht durch eigenen Augenschein.

WILCKENS: Sehr gut. Ja, Herr Vogler, dann haben sie nun abschließend das Wort.

VOGLER: Wie ich bereits sagte, möchte ich Ihnen noch berichten, was ich heute mit dem Innenminister besprochen habe.

Ich habe ihm die Situation geschildert, so gut dies mit rationalen Begriffen möglich war, und er hat mit skeptischer, aber auch besorgter Miene zugehört. Seine Zweifel zerstreuten sich allerdings recht schnell, und zuletzt bekundete er seine Ratlosigkeit und Sorge. Er versicherte unsere Kommission jeglicher Rückendeckung und uneingeschränkter – wie auch immer gearteter – Unterstützung des Ministeriums. Sobald in irgendeiner Weise ein militärischer Einsatz sinnvoll oder notwendig würde, so könnten wir mit sofortiger Hilfe aus Karlsruhe rechnen. Auch finanzielle Unterstützung angesichts der aufwändigen polizeilichen Einsätze und der massiven Zerstörungen und Verwüstungen werde selbstverständlich gewährt.

Der Minister hatte abschließend einen spontanen Einfall, wie er sich die Beendigung des Dramas vorstellen könnte. Auf dem Grund des Schachtes und in jenem Verbindungsgang zur großen Höhle müsste man gezielt schwere Sprengsätze anbringen, wie sie auch im Bergbau zum Einsatz kommen. So könne man versuchen, den Zugang der Schattenwesen im tiefen Fels und Gestein unter dem Heiligenberg zu begraben und für immer zu verschließen.

Spontane Ideen sind oftmals nicht die schlechtesten, und ich denke, wir sollten diesen Vorschlag im Hinterkopf behalten. Wenn es keinen anderen Weg geben sollte, wäre dies vielleicht die einzige Lösung unseres unerträglichen Problems.

Wilckens: Ja, das ist in der Tat zu überlegen. Richten Sie bei Gelegenheit dem Herrn Minister meine Grüße aus und unsere Dankbarkeit für sein freundliches Entgegenkommen.

Ich sehe gerade, dass es draußen so langsam dunkel wird. Herr Lamers, Herr Schanz, Sie befinden sich im Aufbruch nach Handschuhsheim. Gut, wir sehen uns dann morgen Vormittag wieder. Ihnen beiden wünsche ich viel Erfolg und gute Nerven und uns allen, wie bereits gestern, eine möglichst unbedrohte Nacht."

IV

Die Katastrophe

Viertes Sitzungsprotokoll der Untersuchungskommission zu Heidelberg vom 28. Juni 1907:

„Wilckens: Guten Morgen, meine Herren. Mir fehlen fast die Worte, um meine Trauer und Bestürzung zum Ausdruck zu bringen – es ist also doch zur grauenhaften Katastrophe gekommen. Ich empfinde Entsetzen, große Angst und eine hoffnungslose Ohnmacht.

Es sei vorweg gesagt: Wir haben den Verlust von achtundzwanzig Mitbürgern zu beklagen, die dem unaussprechlichen Schrecken zum Opfer gefallen sind. Die Wesen haben ganz offensichtlich aus unserer gestrigen Strategie gelernt und sie heute Nacht konsequent umgangen. Ich sage Ihnen, wenn diese Schattenwesen wirklich intelligent und lernfähig im menschlichen Sinne sind – und das scheint die Tragödie dieser Nacht zu belegen –, dann weiß ich für uns keine Hilfe mehr.

Vogler: In der Tat, es sieht äußerst düster aus. Da unser flexibles Konzept vollkommen gescheitert ist, kann man eigentlich nur noch eine groß angelegte Evakuierung als angemessen betrachten, im Zweifelsfall sogar in einem Radius um den Heiligenberg, der groß genug ist, dass die Wesen seinen Rand innerhalb ihrer nächtlichen Zeitspanne nicht mehr erreichen können.

Lamers: Aber der müsste ja ganz Heidelberg umfassen und fast bis vor die Tore Mannheims reichen. Das hieße, an die 100.000 Menschen in Sicherheit zu bringen – und das für eine mittelfristige Zeitspanne, da man das Ganze ja nicht täglich würde wiederholen können. Was sowohl die Unterbringung und den Transport der Evakuierten als auch deren Versorgung anbelangt, so wäre dies ein logistisches Manöver, für das es kein Modell oder Vorbild gibt – sprich, es bedürfte einer größeren Planung.

VOGLER: Vielleicht haben wir keine andere Wahl. Wir müssen eine Wiederholung der heutigen Tragödie um jeden Preis verhindern.

WILCKENS: Die Katastrophe ist auch in der Öffentlichkeit das zentrale Thema. Angesichts der achtundzwanzig Toten, deren schreckliches Ende ihrem Umfeld natürlich nicht verborgen geblieben ist, lassen sich die Bürger nicht mehr mit lapidaren Ausflüchten abspeisen. Wir müssen überlegen, inwieweit wir langfristig die wahren Hintergründe des mörderischen Schreckens aufdecken müssen.

Doch ich möchte nun erst einmal Herrn Lamers und Herrn Schanz bitten, uns einen genaueren Bericht des nächtlichen Dramas zu geben.

LAMERS: Ja, ich denke, wir sollten versuchen, es der Chronologie nach zu erzählen, damit wir uns nicht verzetteln, sondern einem roten Faden durch das Chaos der letzten Nacht folgen können.

SCHANZ: Nun, nach dem Ende unserer abendlichen Sitzung haben wir beide uns per Automobil umgehend nach Handschuhsheim begeben. Es war knapp zehn Uhr, als wir dort ankamen – die Sonne war längst untergegangen. Wir trafen uns zunächst einmal mit den Einsatzleitern, die uns berichteten, dass die Schutzleute rund um den Berg ihre Posten bezogen hätten. Und dies in ähnlicher Weise wie in der vorigen Nacht, also eingeteilt in Gruppen von mindestens zwei Mann, ausgerüstet mit Schusswaffen – eher eine psychologische als eine effiziente Stärkung – und einem Feldtelefon. An der Südflanke des Berges – also Richtung Neckar und Heidelberger Altstadt war die Zahl der Posten verdoppelt worden, um einer Offensive gegen Heidelberg wirkungsvoll vorbeugen zu können. Auf beiden Seiten des Neckars waren ebenfalls genügend Polizeikräfte, um eine eventuelle Evakuierung der dortigen Bevölkerung durchführen zu können. Glücklicherweise aber konnte man hier – im Vergleich zu Handschuhsheim – eine längere Reaktionszeit zwischen Alarmierung und Evakuierung veranschlagen, sodass wir hier weniger Grund zur Sorge sahen. Von daher begaben wir beide uns auch nach Handschuhsheim, weil wir intuitiv davon ausgingen, dass der zweite Angriff der Wesen erneut hier – an der für uns kritischeren Stelle – stattfinden würde.

Hinsichtlich der Vorbereitung war also alles unseren Vorstellungen entsprechend umgesetzt worden. Zudem hatten wir dieses Mal wesentlich mehr Polizeibeamte zur Verfügung, die wir am Ortsrand und in Handschuhsheim selbst postieren konnten. Dadurch erhofften wir uns einen noch besseren Ablauf der eventuell nötigen Evakuierung. Präventiv wurden noch am späten Abend im so genannten Graham-Garten, einem Park mit kleinem Schlösschen, der unmittelbar gegenüber der Tiefburg im Ortskern gelegen ist, Zelte aufgestellt und zwei Ärzte untergebracht. Auf diese Weise wollten wir eine Notversorgung gewährleisten, falls unter den Evakuierten Kranke oder alte Menschen eine entsprechende Betreuung erfordern würden. Des Weiteren stand eine mobile Feldküche aus Militärbeständen bereit, um die Menschen im Fall der Fälle mit etwas Warmem bis zum Morgen zu versorgen.

Lamers: Sie sehen, wir hatten aus der eher improvisierten Evakuierung von vorletzter Nacht einige Lehren gezogen und hofften so, es den Bürgern etwas erträglicher machen zu können. Aber alle diese Vorbereitungen basierten letztlich auf der Annahme, dass die Bedrohung und die Offensive der Wesen denselben Verlauf nehmen würden wie vorgestern. Dies war aber ein tragischer Irrtum, wie wir heute wissen.

Nun, jedenfalls war alles durchgeführt worden, was aus unserer Sicht im Vorfeld hatte getan werden können. Da die Wesen bei ihrem letzten Angriff um etwa zwei Uhr zum ersten Mal in Sicht kamen, richteten wir uns auf eine längere Zeit des

Wartens ein. Inspektor Schanz und ich nutzten diese Phase, um uns vor Ort die Postenkette auf halber Höhe des Heiligenberges anzusehen. Über den Chaisenweg stiegen wir aus dem Mühlbachtal empor und bogen auf halber Berghöhe in den Biehlerweg ein, den die Wesen damals auf ihrem bestialischen Zug gekreuzt hatten. Leise unterhielten wir uns mit den dort positionierten Polizisten und schärften ihnen höchste Wachsamkeit ein, da wir auch diesmal mit einem Vordringen aus derselben Richtung rechneten – es war der kürzeste gerade Weg hinunter nach Handschuhsheim. Vor unseren Augen wurde das Feldtelefon – und damit die existenziell wichtige Nachrichtenverbindung – noch einmal erfolgreich auf seine Funktionstüchtigkeit hin getestet. Schließlich wünschten wir den Beamten viel Glück und verließen den Biehlerweg direkt hangabwärts. Wir stiegen den Weg hinab, den die Wesen vorletzte Nacht genommen hatten – er war unschwer zu erkennen, da eine breite Schneise niedergetretener Büsche und Sträucher sich in gerader Linie durch das Unterholz hinabzog bis zum Waldrand weit oberhalb von Handschuhsheim. Von dort führte die Spur der Zerstörung durch die Wiesen vorbei an umgestürzten Obstbäumen bis zu den ersten Häusern am Ortsrand.

Es war etwa halb eins, als wir wieder in Handschuhsheim angekommen waren. In uns, aber auch bei den übrigen Beamten, wuchs die Spannnung langsam und stetig. Immerhin wussten alle, die an diesem Einsatz beteiligt waren, was sie in Kürze erwarten sollte.

Schanz: Wir hatten schon beim ersten Großeinsatz alle Polizisten auf das Ungeheuerliche, was da kommen würde, offen und rückhaltlos vorbereitet. Nur so konnte im Ernstfall der Konfrontation ein destruktives Chaos aus Entsetzen und Angst unter den Kollegen vermieden werden.

Lamers: Ich muss bei dieser Gelegenheit den Mut und die Tapferkeit unserer Beamten würdigen, die ihre Pflicht und Aufgabe auch im Angesicht einer unsagbaren Monstrosität tadellos und ohne Zögern erfüllten.

Die nervliche Anspannung stand allen in die Gesichter geschrieben. Man wechselte einige aufmunternde Worte und signalisierte Gemeinschaftsgefühl als Mittel gegen die aufkeimende Angst.

Wir inspizierten auch die Versorgungseinrichtungen im Graham-Garten. Alles war in vorbildlicher Weise für den möglichen Notfall vorbereitet. Zwischen den vereinzelten hohen Bäumen standen die acht großen Zelte, und es herrschte eine geradezu friedvolle und idyllische Ruhe. Die Ärzte hatten mit einigen Hilfskräften vorsorglich an die zwanzig Bahren aufgestellt, so dass man den Eindruck eines Feldlazaretts haben konnte. Sie sollten bei Bedarf ermüdeten und erschöpften Menschen zum Ausruhen dienen.

Um kurz nach ein Uhr gingen wir dann schließlich zurück zum südöstlichen Ortsrand und setzten uns zum Warten auf eine Gartenmauer, die einen freien Blick über die Wiesen der Gemarkung Hainsbach bot. Weit oben im Dunkel konnten wir schemenhaft den Saum des Waldes sehen, aus dem wir das Grauen wohl zu erwarten hatten. Es herrschte nächtliche Stille, auch bei den Bewohnern, die sich trotz der Zerstörungen in ihren Häusern provisorisch wieder eingerichtet hatten. Schon mit einem flüchtigen Blick waren die Verwüstungen des ersten Angriffs zu erkennen. Haustüren und Fenster waren meist nur mit Brettern oder Holzplatten provisorisch zugenagelt, manche Dächer hatten noch unverändert die großen Löcher, die die Wesen hineingeschlagen hatten. In den Gärten und rund um die Häuser lagen zertrümmerte Dachziegel, zerbrochene Türen und große Mengen zersplitterten Fensterglases. Vor manchen Häusern türmten sich zerstörte Einrichtungsgegenstände, die die Besitzer beim Aufräumen fortgeschafft hatten. Das ganze Szenario wirkte wie ein Ort, über den ein großer, vernichtender Krieg hinweggefegt war.

SCHANZ: Es war kurz vor zwei Uhr, als wir von einem herbeigeeilten Beamten erfuhren, dass die Posten am Biehlerweg – wie in der Nacht zuvor – Alarm ausgelöst hatten. Als Richtungsangabe hatte der telefonierende Beamte schlicht gesagt: ‚Sie nehmen den Weg, den sie sich gestern gebahnt haben. Sie werden wohl in zehn Minuten am Waldrand sein.'

Hinter uns hörten wir bereits das laute Klopfen und Klingeln der Beamten an den Haustüren der Bewohner am Ortsrand. Laut und nachdrücklich wurde in den Straßen Alarm ausgerufen: ‚Alarm. Bitte verlassen Sie augenblicklich Ihr Haus oder Ihre Wohnung und begeben Sie sich sofort zur Tiefburg oder zum Graham-Garten.' Schlaftrunken in den Türen stehende Bürger wurden zur höchsten Eile angehalten und nach kranken oder gebrechlichen Nachbarn befragt. Da es sich zum Großteil um dieselben Anwohner handelte, die das Procedere bereits in der Nacht zuvor mitgemacht hatten, blieben Proteste oder Einwände zum Glück weitgehend aus. Außerdem mahnten die Beamten nachdrücklich zur Eile und ließen sich nicht auf längere Diskussionen ein.

Schnell hatte sich ein großer Pulk laufender Menschen gebildet, wobei kleine Kinder und teilweise auch ältere Menschen getragen wurden. Manche glaubten, irgendwelche Habseligkeiten, in Eile zusammengeworfen, in Koffern oder Taschen mit sich nehmen zu müssen; sie verließen ihre Häuser meist fünf Minuten später als die anderen, wobei auf ihren Gesichtern das bange Rätseln abzulesen war, ob sie nicht etwas Unersetzliches vergessen hätten.

Nachdem die Häuser verlassen waren, wurden sie noch einmal von Beamten kontrolliert, um nicht einen Fehler wie vorletzte Nacht – das vergessene ältere Paar – zu begehen. Als die Wesen schließlich aus dem Dunkel des Waldes traten, meldete ein Beamter, dass die äußere Häuserreihe und die dahinterliegende Reihe der großen Mietshäuser planmäßig und ohne Zwischenfall evakuiert worden seien. Die Umsetzung unserer Strategie verlief also optimal.

Lamers: Ja, zu diesem Zeitpunkt konnte man fast das Gefühl haben, den Terror der Wesen wirklich ins Leere laufen lassen zu können. Wir waren eigentlich recht zuversichtlich.

Nun, und um etwa zehn nach zwei sahen Inspektor Schanz und ich die Wesen dann zum ersten Mal mit eigenen Augen. Es war ein unbeschreibliches Gefühl, das sich sicherlich bei jedem Betrachter anders einstellte. Ich denke, bei mir überwog eine Fassungslosigkeit, das schleichende Gefühl der Angst vor einem drohenden Realitätsverlust. Als würde mir der Boden unter den Füßen weggerissen. Bei all den Dingen, die ich über sie gehört und gelesen hatte, hatte ich mir nie konkret ausgemalt, wie eine reale Konfrontation mit ihnen aussehen könnte. Die

Wesen waren ein eher theoretischer Gegenstand polizeilicher Planung oder unserer Kommission gewesen, aber ihre Präsenz selbst und unmittelbar zu erleben, war etwas Ungeheuerliches.

Als ich ihre hohen, düsteren Gestalten über die Wiese herankommen sah, spürte ich den Anhauch einer anderen Welt und zugleich die hilflose Erbärmlichkeit des Menschen. So mag ein Steinzeitmensch beim Anblick eines monströsen Mammut empfunden haben; jene Urangst, die – es mag merkwürdig klingen – größer ist als die Angst vor dem Tod. Denn der Tod gehört zum menschlichen Leben, auch wenn er dieses beendet. Aber das Gefühl des Übernatürlichen, dessen, was der Mensch jenseits seiner Ratio nur angstvoll vermuten kann, dieses Gefühl ist erstickend unerträglich.

Entschuldigen Sie diesen Exkurs, aber solch eine ungeheuerliche Erfahrung hinterlässt tiefe Spuren und führt einen in bislang unbekannte Grenzbereiche der eigenen Psyche.

Nun, die Wesen – ich brauche sie nicht selbst noch einmal zu beschreiben, da dies bereits detailliert und zutreffend geschehen ist – waren sehr schnell. Es war abzusehen, dass sie binnen fünfzehn Minuten den Ortsrand erreichen würden. Nachdem wir ihren rasanten Lauf hangabwärts noch eine Zeit lang beobachtet hatten, wurde es Zeit, uns selbst in Sicherheit zu bringen. Mit einem letzten, fassungslosen Blick auf die etwa dreißig düsteren Riesengestalten wandten wir uns um und liefen durch die leeren Straßen zum Ortskern.

Schanz: Dort war die Lage insgesamt recht friedlich, wenngleich vereinzelt lautstark geführte Debatten zu hören waren. Die Bürger, nun zum zweiten Mal hintereinander aus ihren Häusern vertrieben, diskutierten und rätselten darüber, was denn Anlass dieser erneuten Evakuierung sei. Insgesamt war die Situation aber ganz unter Kontrolle der zahlreichen Ordnungskräfte, denen es erneut recht geschickt gelang, größeren Unmut zu verhindern. Auf den Bahren lagen einige ältere Bewohner und schlafende Kinder. Man reichte den Leuten Kaffee und Tee, und es machte trotz der aufgeregten Diskussionen den Eindruck, als seien die Menschen nicht allzu alarmiert oder beunruhigt; offensichtlich hatten unsere Vorbereitungen dabei einen sehr positiven Einfluss, da die Leute sich betreut fühlten. Ihre Fragen wurden wie in der Nacht zuvor unter dem Hinweis auf Geheimhaltung abgeblockt – sie wurden auf eine baldige, offizielle Erklärung von Seiten des Bürgermeisters vertröstet.

LAMERS: Seit wir den Park betreten hatten, gab es für uns keine Möglichkeit mehr, das Herannahen der Wesen mit eigenen Augen zu beobachten. Bis zu dem grausigen Augenblick, da uns die Bestien vis-a-vis gegenüberstanden, müssen wir uns also auf die Aussagen der Beamten stützen, die vom Hang oberhalb des Ortes aus mit Ferngläsern das höllische Treiben zumindest streckenweise verfolgen konnten.

Sie erreichten den Ortsrand von Handschuhsheim kurz vor halb drei Uhr, und die Tragödie begann wie in der Nacht zuvor. Die Wesen stürzten in Gruppen auf die einzelnen Häuser zu, öffneten die provisorischen Türen und Fenster und zwängten sich ins Innere. Doch anstatt erneut ausgiebig zu suchen, kamen sie bereits nach wenigen Minuten wieder heraus. Sie hatten fünf Häuser am äußersten Ortsrand auf diese Weise durchkämmt und standen nun alle auf der Straße. Es wirkte wie eine stumme Beratung, die aber nur sehr kurz währte, so als ob man eine vorhergesehene Entwicklung durchschaut habe. Eines der etwa dreißig Wesen ließ sich als eine Art Führer ausmachen, denn zum einen hatten sich alle um ihn geschart, zum anderen gestikulierte er auffallend machtvoll und gebieterisch.

Wie gesagt, die stumme Konferenz dauerte allenfalls drei Minuten; offenbar hatten die Schattenwesen mit ihrer Stichprobe einen erwarteten Beweis erhalten und entschlossen sich nun für ein alternatives Vorgehen. Laut der Schilderung der beobachtenden Beamten war es dann letztlich jener Führer, der mit einem Ausstrecken seines Armes die neue Marschrichtung wies und damit zugleich das Startsignal gab.

SCHANZ: Von all diesen Vorgängen, die sich in circa einem Kilometer Entfernung vom Graham-Garten abspielten, bekamen wir nicht das Geringste mit. Die meisten Beamten starrten wie wir auch zwar gebannt in die Richtung des südlichen Ortsrandes, doch die dazwischenstehenden Häuser versperrten den Blick. Wir lauschten auch nach Geräuschen destruktiver Zerstörung, doch kein entsprechender Laut war zu hören. Im Grunde genommen gingen wir zu dieser Stunde noch davon aus, dass unser Konzept zum zweiten Mal aufgehen würde.

Plötzlich wurden wir von einem äußerst aufgeregten Beamten aus unserem angespannten Lauern gerissen. Er meldete mit hektischer Stimme: Die Kollegen hätten angerufen. Die Wesen hätten die Durchsuchung der Häuser aufgegeben und schienen hierher ins Zentrum unterwegs zu sein.

Völlig entgeistert starrten wir dem Beamten ins Gesicht, so als ob wir warten wollten, dass ein Phantom wieder verschwände. Doch der Beamte sowie seine Nachricht waren real – der Schock und die Bestürzung, die über uns hereinbrachen, waren bodenlos. Ich glaube, seit diesem Moment weiß ich, dass man Angst im Mund schmecken kann; ich könnte diesen Geschmack heute zwar schon nicht mehr beschreiben, doch ich weiß, ich werde ihn immer wieder erkennen können.

Im ersten Augenblick der Vergegenwärtigung fühlte ich eine grenzenlose Ermattung, einen vollkommenen Kraftverlust. Es war wie nach einer verzweifelten Flucht, die im Moment der größten Hoffnung, wohlbehalten entkommen zu sein, mit der grausamen Gewissheit der völligen Niederlage endet. ‚Alles umsonst', war alles, was mir einfiel – Ausdruck der mutlosen Verzweiflung, all diese Leute nicht vor dem größten Albtraum ihres Lebens und vor einem unaussprechlichen Ende bewahren zu können.

Es kam mir vor wie eine Ewigkeit, die vergangen war, als ich Herrn Lamers' blasse Stimme hörte: ‚Was sollen wir nur tun? Die sind so schnell; was uns bleibt, sind vielleicht fünf Minuten.' Ratlos sahen wir uns an.

LAMERS: Es war grauenhaft. Das Schlachten stand uns schon bildlich vor Augen. Zunächst überlegten wir, an Ort und Stelle zu bleiben, denn wohin hätten wir jetzt noch fliehen sollen. Da fiel uns aber das Bild einer wehrlosen Schafherde ein, die als Gruppe einem Rudel Wölfe auch nichts entgegensetzen konnte, wohingegen eine in alle Himmelsrichtungen zerstobene Herde zumindest einigen Tieren das Leben retten würde.

Wir riefen die Beamten zu uns und besprachen in aller Offenheit die verzweifelte Situation. Die Gesichter waren versteinert von Angst und Entsetzen. Wir erläuterten unseren Plan, die versammelte Menschenmenge umgehend aufzulösen und zu zerstreuen, und forderten die Beamten auf, alles nur Erdenkliche zu tun, um das Leben der Bürger zu retten und natürlich auch das eigene. Die Benutzung der Dienstwaffen wurde von uns ausdrücklich freigestellt, wenngleich wir alle wussten, dass hiervon keine Rettung zu erwarten war. Daraufhin wünschten wir den Kollegen viel Glück und verabschiedeten uns voneinander.

Wie wir es besprochen hatten, schossen die Polizisten dann auf mein Signal hin in die Luft und schrien den Leuten zu, um ihr Leben zu laufen. Sie zeigten in nördliche Richtung, setzten sich dabei langsam selbst in Bewegung und forderten die Leute auf, sich zu verteilen und zu verstecken. Viele verstanden nicht, was vor sich ging. Ratlos und panisch schauten sie um sich und blieben wie angewurzelt stehen. Doch langsam stürzten die ersten Bürger in nördlicher Richtung davon. Dies und die schreckerfüllten Gesichter der Beamten brachten dann doch nach und nach Bewegung in die Menge.

Doch plötzlich, in dieser Phase des entstehenden Aufbruchs erklang ein dumpfes, schweres Geräusch aus südlicher Richtung. Wie eine dahingaloppierende Rinderherde dröhnte das Stampfen vieler Füße durch die Straße, die auf den Park zuführte. Kaum eine halbe Minute, nachdem wir das Geräusch zuerst vernommen hatten, waren sie da.

Ich weiß nicht, wie ich das Chaos beschreiben soll, das daraufhin ausbrach.

SCHANZ: Nun ja, viele Beamte griffen instinktiv zu ihren Pistolen und feuerten auf die riesigen Schatten, die sich gleich einer hohen, schwarzen Flutwelle in den Park stürzten. Es war natürlich zwecklos. Das panische Geschrei der Menschen war ohrenbetäubend und lähmte bis tief in die Knochen. Alle rannten wie wahnsinnig davon mit weitaufgerissenen Augen und Schreien der nackten Angst und Verzweiflung.

Die Wesen stürzten vorwärts und ergriffen wahllos die nächststehenden Menschen. Sie packten sie, zerrten sie vom Boden hoch und – ich werde an diesem Bild verzweifeln – rissen ihnen die Köpfe mit unvorstellbarer Kraft ab. Ich glaube, ich stand einfach nur da und schoss auf die Schatten – zumindest denke ich das im Nachhinein; vielleicht schoss ich aber auch in den Boden vor meinen Füßen. Es war egal. Der Tod arbeitete fieberhaft unmittelbar vor meinen Augen. Das alte Bild vom Schnitter, der mit seiner Sense durch das wogende Feld der Lebenden schreitet und Ernte hält – hier war es Wirklichkeit.

Die Wesen gingen einzeln auf die Jagd – was heißt hier Jagd, die Menschen starrten sie an, angewurzelt und bewegungslos dastehend, bis sie emporgerissen wurden und mit dem staunenden Blick angstvoller Fassungslosigkeit auf dem Gesicht bestialisch getötet wurden. Die blutigen Rümpfe fielen wie Säcke zur Erde und lagen verstreut im Gras. Viele Menschen, die Augenzeugen dieses albtraumhaften Schlachtens wurden, fielen ohnmächtig nieder, andere übergaben sich, während sie stolpernd davonliefen, und einige verloren schlichtweg den Verstand; im Gras hockend, wankten ihre geduckten Körper hospitalistisch vor und zurück, während ihre weit aufgerissenen Augen dem Gemetzel folgten, und sie unverständliche Töne vor sich hin brabbelten.

Es war ein Ort des Mordens und des Wahnsinns. Die Schattenwesen töteten achtundzwanzig Menschen, und so schnell wie sie gekommen waren, so schnell verschwanden sie mitsamt ihrer blutigen Beute. Ich kann es nur schätzen, aber ich denke, das Ganze dauerte nur wenige Minuten.

Es verging eine Ewigkeit, bis ich zu Sinnen kam; ich fühlte mich an den Armen genommen und fortgeführt in Richtung eines der Zelte. Als ich aus meiner Erstarrung aufblickte, sah ich zwei Schutzleute, die mich auf beiden Seiten stützend, wortlos und mit besorgter Miene geleiteten. Ich gab ihnen zu verstehen, dass ich mich wieder im Besitz meiner Kräfte fühlte und fragte nach Herrn Lamers. Man begleitete mich zu ihm, und schließlich standen wir uns stumm gegenüber. Er schüttelte den Kopf in einer verzweifelten Geste und holte tief Luft. ‚Die Katastrophe ist eingetreten', sagte er und deutete mit seinem Arm in die Richtung des grauenvollen Schauplatzes. Dort huschten gebückte Gestalten zwischen weißen Laken umher, hoben sie an und blickten darunter. Es waren Ärzte und Leichenbeschauer, die ihrer schrecklichen Arbeit nachgingen.

LAMERS: Achtundzwanzig Menschen waren getötet worden, darunter vier kleinere Kinder. Sie waren ausnahmslos enthauptet worden. Eine Suche nach den Köpfen erübrigte sich zum einen auf Grund dessen, was wir aus den Nächten zuvor wussten, zum anderen deshalb, weil wir selbst und die am Hang postierten Beamten gesehen hatten, wie die Wesen, ihre Beute in Händen haltend, davongestürzt waren.

Doch noch einmal dahin zurück, wo Inspektor Schanz seinen erschütternden Bericht unterbrochen hat. Es war zu beobachten gewesen, dass jedes Wesen nur ein Opfer tötete und dann, den blutigen Kopf fest haltend, wartete, bis auch die anderen Wesen jeweils ihre Beute gemacht hatten. Dann war es wiederum jener mutmaßliche Führer, der mit einem kurzen Richtungsweisen seines Armes das Zeichen zum Umkehren gab. Auch er hielt in seiner anderen Hand einen Menschenkopf. So rasend, wie sie gekommen waren, verschwanden sie nun in derselben Richtung.

All dies hatte ich in einem entrückten, fast betäubten Zustand mitangesehen, und auch als sie schon lange fort waren, starrte ich noch mit leerem Blick vor mich hin. Erst allmählich riss mich das um mich herum lauter werdende Gewimmer aus meiner bitteren Ohnmacht. Ich sah die beiden Ärzte, die sich bereits seit längerem um die Menschen kümmerten; sie führten viele, die unter Schock standen, zu den Bahren und legten sie vorsichtig nieder.

Ich fand schließlich zwei Beamte, holte mit ihnen weiße Decken und Tücher aus den Zelten, und mit Schaudern und Ekel bedeckten wir die blutigen Menschenrümpfe. Telefonisch

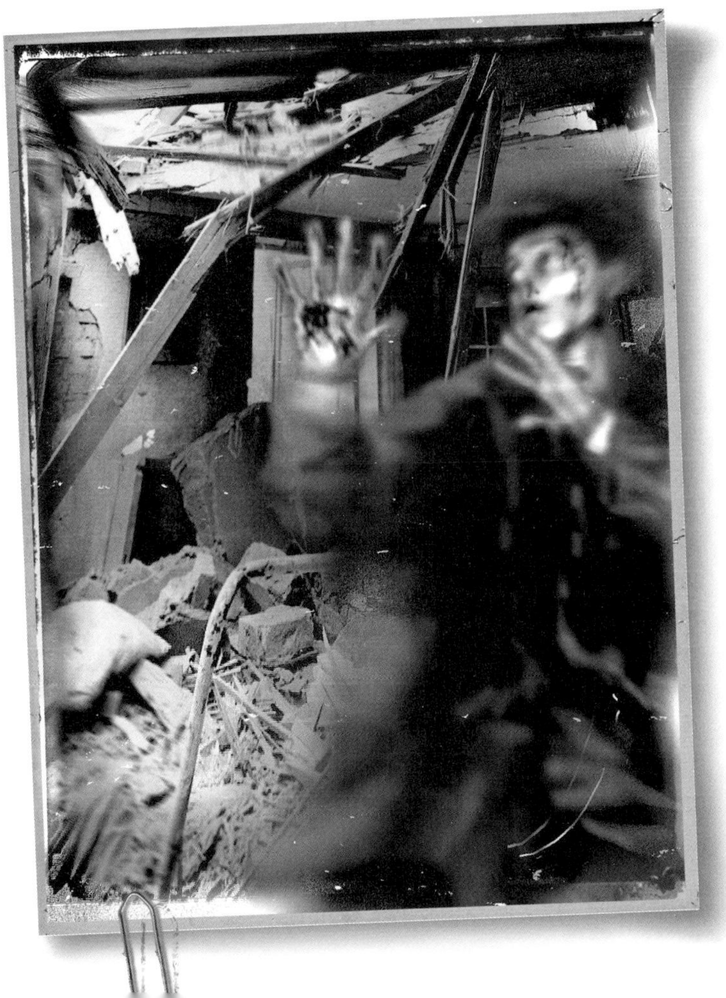

hatten wir bereits zusätzliche medizinische Betreuung angefordert; außerdem unterrichtete ich Herrn Wilckens fernmündlich von der Katastrophe.

WILCKENS: Es war entsetzlich. Ich machte mich umgehend auf den Weg und war eine halbe Stunde später in Handschuhsheim. Herr Lamers zeigte mir den Schauplatz des Blutbades – es war erschütternd. Wie eine der schauderhaften Phantomlandschaften des Hieronymus Bosch – das Leiden und Grauen verdichtete sich an diesem Ort so stark, dass man glaubte, es schwebe als schwerer, düsterer Schleier über der Szene.

LAMERS: Nach und nach trafen die Polizeibeamten von ihren Posten am Hang des Heiligenberges ein und versuchten, den schockierten und entsetzten Bürgern zu helfen, die vereinzelt oder in Gruppen schweigend und ratlos herumstanden. Manche Menschen suchten und riefen verzweifelt nach Familienangehörigen – es spielten sich fürchterliche, bemitleidenswerte Szenen ab. Die Identifizierung der kopflosen Leichname war eine unbeschreibliche Tortur, nicht nur für die fassungslosen und leidenden Angehörigen – ich werde diese Nacht des Jammers und des Leids niemals vergessen.

SCHANZ: Inzwischen lagen auch die Berichte der am Hang oberhalb des Ortes postierten Beamten vor, die die Rückkehr der Schattenwesen auf den Heiligenberg beobachtet hatten.

Sie nahmen dabei denselben Weg, den sie auch gekommen waren; vom südöstlichen Ortsrand durch die Wiesen und Obstbäume den Hang hinauf, bis sie dann im Wald aus dem Blickfeld verschwanden. Dieses Mal konnten die Polizisten zu ihrem Entsetzen mit Hilfe ihrer Ferngläser auch die Menschenköpfe erkennen, die die Wesen wie Äpfel in ihren großen Händen trugen. Es war etwa halb vier Uhr, als der Albtraum schließlich endete.

Ich denke, es ist müßig, weiter über die traurigen Szenen zu berichten, die sich bis weit nach Sonnenaufgang im Ortszentrum von Handschuhsheim abspielten. Dann erst, um etwa sechs Uhr heute Morgen, waren die achtundzwanzig Leichen letztlich identifiziert und zur vorläufigen Aufbewahrung in die Universitätspathologie abtransportiert. Angehörige und Nachbarn trösteten sich noch immer gegenseitig und versuchten vergeblich, die grauenhafte Tragödie zu begreifen.

LAMERS: Nun, ich brauche wohl nicht zu sagen, wie erschüttert ich auch jetzt beim Gedanken an diesen unerträglichen nächtlichen Albtraum bin. Im Rahmen unserer Arbeit in dieser Kommission habe ich von großem Leid und Elend gehört, doch selbst Zeuge einer solch unfasslichen Katastrophe zu sein, ist in keiner Weise damit zu vergleichen. Meine Herren, wir stehen Wesen gegenüber, die in der Tat aus einer fremden, unirdischen Welt stammen müssen.

VOGLER: Herr Wilckens hatte mich am frühen Morgen zwar bereits fernmündlich in Kenntnis gesetzt, aber ich muss sagen, dass ich erst nach diesem Schreckensbericht das Ausmaß des Grauens ahnen kann. Ich weiß nicht, ob ich selbst einem solchen Erlebnis gewachsen gewesen wäre, meine Herren. Ich möchte Ihnen meine aufrichtige Hochachtung für Ihre Stärke und Festigkeit aussprechen und wünsche mir, dass es Ihnen gelingen wird, in irgendeiner Form mit den ungeheuerlichen Bildern, denen Sie ausgeliefert waren, seelisch ins Reine zu kommen.

SCHANZ: Vielen Dank für Ihre tröstenden Worte, Herr Vogler. Im Augenblick bin ich froh, dass ich beteiligt und gedanklich eingespannt bin in unsere Arbeit hier, denn dies verhindert jene quälende Ruhe, in der die Ängste und Nöte der Seele aus tiefster Tiefe emporsteigen können.

In diesem Sinne und besonders im Gedenken an die bereits Hingemetzelten sollten wir nun überlegen, wie es überhaupt weitergehen kann in den Nächten, die vor uns liegen.

WILCKENS: Ja, wo soll man den Faden aufnehmen im Angesicht dieser gleichsam lähmenden Tragödie. Ich bin äußerst besorgt über unsere Zukunft und überlege, wie wir ähnliche Katastrophen vermeiden sollen.

Die fürchterlichen Wesen haben unbestreitbar die Fähigkeit zu verstandesmäßiger Analyse und Erkenntnis. Es gibt also nicht das Patentrezept, wie wir geglaubt und gehofft hatten. Die Wesen sind in der Lage, aus ihren Erkenntnissen über unser Handeln Konsequenzen zu ziehen. Im Grunde war unser Konzept des kontrollierten Zurückweichens das einzig Tragfähige, doch nur solange man davon ausgehen konnte, dass der Gegner nicht lernfähig ist; diese Fehleinschätzung hat achtundzwanzig Menschen ihr Leben gekostet. Ich meine dies nicht als zerknirschte Selbstkritik – wir handelten im besten Wissen –, sondern als dramatischen Appell, meines Erachtens keine kleineren Schritte mehr in Erwägung zu ziehen. Ich möchte Ihnen die zwar aufwändige, aber letztlich sichere, sofortige Gesamtevakuierung des Großraums um den Heiligenberg ans Herz legen. Als Bürgermeister darf ich zum Schutz der Bürger keine geringere Maßnahme fordern.

Vogler: Herr Wilckens, ich denke, Sie sprechen uns allen aus der Seele. Ich kann zumindest für mich keine verantwortbare Alternative hierzu erkennen. Aber – ja, leider gibt es auch hier ein ‚Aber' – diese Unternehmung würde eine Vorlaufzeit erfordern. So bürokratisch dies angesichts des bestialischen Schreckens auch klingen mag, eine weiträumige Evakuierung bedarf der Planung und Koordination.

Lamers: Herr Oberbürgermeister, ich denke, Herr Vogler hat hier leider Recht. Ich sehe auch keine andere Möglichkeit, aber wir müssen dies vorbereiten. Den heutigen Tag eingerechnet, bedürften die Vorbereitungen auch unter äußerstem Einsatz sicherlich noch der Zeit bis morgen Nachmittag. Ohne militärische Hilfe ist ein solches Unterfangen nicht zu bewältigen; eben dies muss personell und organisatorisch geplant werden.

Wilckens: Gut, diesen Einwand muss ich natürlich verstehen. Aber nichtsdestotrotz sollten wir alles Notwendige unmittelbar heute in die Wege leiten.

Vogler: Einverstanden, ich werde in Karlsruhe mit dem Innenminister sprechen und das Kriegsministerium entsprechend informieren und um Einrichtung eines Planungsstabes bitten. Ich hoffe, dass wir dann bereits heute Abend einen Zeitplan für die Operation erhalten können.

Wie steht es mit dem Bericht der Wissenschaftler? Werden sie bis heute Abend fertig sein?

Wilckens: Das ist schwer zu sagen. Professor Hampe konnte und wollte sich da nicht festlegen, als ich ihn eben anrief. Er sagte lediglich, sie hätten eine recht viel versprechende Spur entdeckt, doch es sei schwierig, den weiteren Zeitbedarf konkret abzuschätzen. Wir können nur abwarten und hoffen.

Gut, ich denke, wir sollten uns nun aber noch Gedanken darüber machen, wie wir uns auf die kommende Nacht vorbereiten sollen. Da die Großevakuierung ja erst in zwei Tagen durchführbar sein wird, müssen wir uns bis dahin kleinere Maßnahmen einfallen lassen, mit denen wir zumindest ein Minimum an präventivem Schutz erreichen können.

Lamers: So wie die Wesen Lernfähigkeit bewiesen haben, müssen auch wir aus den bisherigen Geschehnissen Schlussfolgerungen und Konsequenzen ziehen.

Das Konzept des flexiblen Zurückweichens ist hinfällig geworden; von daher müssen wir eigentlich die Stadtteile Handschuhsheim und das benachbarte Neuenheim komplett evakuieren. Eine Teillösung macht hier keinen Sinn mehr. Die Altstadt von Heidelberg dagegen können wir nur so sichern, wie wir es bislang getan haben – alles andere ist in der Kürze der Zeit nicht mehr zu organisieren.

Vogler: Ich denke auch, dass dies die einzigen Maßnahmen sind, die wir für heute Nacht beschließen können. Da sich die Wesen bislang noch nie nach Süden, also in Richtung Heidelberg, gewandt haben, sondern immer nach Westen zu den beiden Teilgemeinden, sollten wir dort komplett evakuieren. Und zwar unabhängig von den eventuellen Ergebnissen des wissenschaftlichen Kreises.

Wilckens: Gut, ich werde mit Nachbargemeinden und umliegenden Orten entsprechend Kontakt aufnehmen, damit die evakuierte Bevölkerung dort in Schulhäusern und Turnhallen untergebracht werden kann. Ich denke, dass wir die Operation am späten Nachmittag abgeschlossen haben dürften.

Schanz: Die Kette der Alarmposten um den Heiligenberg werden wir natürlich bestehen lassen. Hoffentlich wenden sich die Bestien tatsächlich nach Westen – den Fall eines Angriffs auf Heidelberg mag ich mir nicht vorstellen, da wir hier in der Kürze der Zeit keine anderen Sicherheitsvorkehrungen treffen können wie in den letzten Nächten. Wir haben personell nochmals aufgestockt, sodass nun noch mehr Beamte zwischen dem Heiligenberg und der Altstadt postiert sind. Ab Mitternacht werden wir das gesamte Neckarufer für Passanten sperren. Außerdem haben wir einen konkreten Ablaufplan erstellt für eine eventuelle Teilevakuierung des Altstadtbereichs zwischen dem Neckarufer und der parallel dazu verlaufenden Hauptstraße; das wäre ein annähernd fünf Kilometer langer Streifen mit einer Breite von etwa zweihundert Metern, der sich vom Karlstor im Osten bis zum Bismarckplatz im Westen erstreckt. Die Räumung der Häuser innerhalb dieses Korridors glauben wir mit Hilfe einer entsprechend großen Anzahl an Ordnungskräften in maximal fünfundvierzig Minuten realisieren zu können. Dies entspricht in etwa der Zeitspanne, die die Wesen vom Heiligenberg herab über den Neckar bis zur Altstadt benötigen würden. Alles hängt hier also davon ab, möglichst frühzeitig ihr Kommen zu erkennen, sofort den Alarm auszulösen und die Räumung des Altstadt-Korridors umgehend zu beginnen. Das Szenario ist und bleibt nichtsdestotrotz beängstigend – gerade nach der Tragödie der letzten Nacht –, und ich wünsche mir zutiefst, dass es an uns vorübergehen wird und der Plan nur ein papierenes Gedankenspiel bleiben kann.

Vogler: Wie gesagt, mehr können wir im Moment nicht tun. Wir müssen die Evakuierung von Handschuhsheim und

Neuenheim bis heute Abend abgeschlossen haben, danach bleibt uns nur noch das Hoffen.

WILCKENS: Gut, meine Herren, wir sollten umgehend zur Tat schreiten. Wir treffen uns dann heute Abend wieder. Bis dahin sollten die beiden Teilgemeinden geräumt sein, und Herr Vogler sollte das Innenministerium und die Militärbehörden von der Großevakuierung informiert haben. Außerdem liegt dann ja auch vielleicht das wissenschaftliche Dossier vor, das uns hoffentlich hilfreiche Hinweise wird liefern können."

V

Mythos und Wahrheit

Zwischenbericht des wissenschaftlichen Beirats der Untersuchungskommission vom 28. Juni 1907:

„Was wir im Folgenden Ihrer Kommission am heutigen Abend vorlegen, ist zu unserem Bedauern leider nur ein Teilergebnis. Trotz intensivster Bemühungen und fieberhaftem Quellenstudium ist es uns zu diesem Zeitpunkt noch nicht gelungen, das Rätsel vollständig zu lösen. Wir haben zwar einen wesentlichen Teilaspekt, nämlich die Frage nach der Identität der Wesen, mit gewissen Einschränkungen aufklären können, nicht jedoch das Wie und Warum ihres schrecklichen Handelns. Solange aber Letzteres nicht beantwortet ist, stehen wir der grauenhaften Tragödie nach wie vor hilflos und ohne Hoffnung gegenüber.

Wir müssen Sie von daher leider auf den morgigen Tag vertrösten, auch wenn uns schmerzlich bewusst ist, welch katastrophale Gefahr jede weitere Nacht in sich birgt.

Doch kommen wir nun zum geradezu unglaublichen Resultat unserer jüngsten Bemühungen. Nach Fertigstellung unseres vorläufigen Berichts gestern Nachmittag haben wir uns auf der Grundlage der dort formulierten Ergebnisse erneut auf die Suche gemacht. Diesmal sollte anhand der historischen Erkenntnisse eine philologisch-literarische Marschroute eingeschlagen werden.

Unser Augenmerk richtete sich dabei auf Sagen, Märchen, Legenden und Mythen, die eine tausendjährige Wiederkehr menschenfressender – oder genauer: kopffressender – Riesenwesen zum Inhalt haben könnten. Schwerpunkte sollten hierbei klassische keltische und germanische Sagen sein, außerdem die griechisch-römische Antike und andere fiktionale oder halbfiktionale Literaturprodukte aus dem Bereich der Legenden und Mythen.

Bei der Untersuchung dieses breit gefächerten und umfangreichen Genres zeigte sich recht bald, dass eine entsprechende Legende nicht existierte. Allenfalls Teilelemente konnten gefunden werden. So waren in fast jedem Sagen- und Mythenkreis Riesen zu finden, die teilweise auch Menschen verspeisten. In der germanischen Mythologie existieren diverse Berg- oder Waldriesen, in der Antike gibt es Zyklopen. Dies war natürlich zu wenig, um einen weiterführenden Hinweis zu liefern. Waren von diesen Riesen übrigens einige auch Menschenfresser, so konnten jedoch keine entdeckt werden, die ausschließlich an Köpfen ‚interessiert' gewesen wären. Genauso wenig konnte irgendeine Übereinstimmung mit dem grundlegenden Element der tausendjährigen Wiederkehr gefunden werden.

Nach Durchsicht und Prüfung aller in Frage kommenden literarischen Quellen standen wir somit eigentlich mit leeren Händen da. Die gehegte Hoffnung, hier rasch fündig werden zu können, war enttäuscht worden. Also mussten wir unsere Suche ausdehnen auf den schwierigen Bereich der Kulte beziehungsweise des Okkulten. Dies lag auch durch die anfänglichen Vermutungen hinsichtlich des keltischen Kopfkultes nahe. Nach langer, ergebnisloser Durchforstung entsprechender Schriften wurden wir schließlich im Bereich des Okkultismus fündig. Der dortige Hinweis bildete den entscheidenden Schlüssel für die weitere, im Moment allerdings noch unvollendete Aufklärung.

Bei der Quelle handelt es sich um die obskure Schrift ‚Die unaussprechlichen Kulte' des Gregor von Junzt, die im Jahre 1723 erschien und später nicht mehr gedruckt wurde. Über den Autor ist nicht allzu viel bekannt: Gregor von Junzt lehrte einige Jahre Philosophie an der Universität von Prag, bis er mit der Veröffentlichung seines oben genannten Werkes im Jahre

1723 seinen Lehrstuhl verlor. Man begründete diesen Schritt mit den ‚okkulten, dunklen Machenschaften' des Dozenten, die mit der philosophischen und theologischen Ausrichtung der Universität nicht in Einklang stünden. Über sein weiteres Leben und Werk ist leider nichts bekannt.

In ‚Die unaussprechlichen Kulte' zeigt sich von Junzt als akribischer Sammler und Interpret fast vergessener kultischer Überlieferungen und teilweise unverständlicher okkulter Mythen. Das Werk ist für unsere Belange insofern relevant, als es einen überaus wertvollen Hinweis auf eine alte Legende enthält, die den Ausgangspunkt für alle weiteren Untersuchungen bildet. In Buch VII heißt es:

‚... Und beim älteren Plinius ist bestätigt jenes, was aus beredtem Munde geflüstert wird über Zorn und Rache der Götter. Versunkener griechischer Geisteswelt entsprungen, rauben auf ewig des Antiphates gigantische Krieger Menschen vom Antlitz der Erde. Sind der Jahre tausend voll, so wiederholt sich der Reigen grausigen Schreckens. Wann die Horde kommen werde, sagt der alte Römer nicht. Halb wesenhaft, halb schattengleich sind sie; fern sizilischer Gestade müssen sie suchen ihre blutige Nahrung. Vereinzelt treibt der grausige Hunger oft sie verschlagen zu willkürlicher Jagd. Sie aber rufen oder vom Ort verwünschen, gibt's keinen Weg, keinen Spruch, denn allein dem Laufe der Zeit und der blutigen Gier gehorchen sie in eherner, unermüdlicher Wiederkunft ...'

Für uns alle war die Entdeckung dieser Passage ein unbeschreiblicher Schock, passt sie doch fast genau zu den grauenhaften Vorkommnissen auf dem Heiligenberg. Außerdem impliziert sie eine ungeahnte und unfassbare Verbindung zur griechischen Mythologie.

Diese aus dem Zusammenhang gerissene Textstelle ist Teil des berüchtigten siebten Kapitels in von Junzts ‚Die unaussprechlichen Kulte'. In diesem Kapitel führt er zahllose Einzelbeispiele auf für angeblich jederzeit verfügbare Monstren, die unter der Erde oder in den Lüften hausen sollen. Laut von

Junzt sind solche Wesenheiten sehr häufig durch okkulte Riten belebbar und steuerbar. Unsere Passage entstammt allerdings dem Teil des Kapitels, wo er jene Phänomene aufführt, die sich jeglicher okkulter Magie oder Riten entziehen. Die hier genannten Monstrositäten seien in keiner Weise manipulierbar oder kontrollierbar, sondern ganzlich selbstbestimmt; in unserem Fall sogar eher fremdbestimmt durch den Lauf der Zeit.

Die Passage erscheint in einigen Teilen kryptisch und rätselhaft. So erhebt sich die Frage, was von Junzt mit dem Zorn und der Rache der Götter meint. Da dies eventuell die eigentliche Ursache für das Erscheinen der Wesen darstellen könnte – vielleicht im Sinne einer von den Göttern über die Welt verhängten Heimsuchung –, werden wir unsere weiteren Anstrengungen auf diesen Punkt zu konzentrieren haben. Immerhin ist es uns über von Junzts Angabe bereits gelungen, die unglaubliche Identität der Wesen zu klären.

Auf Grund der gegebenen Hinweise ‚griechische Geisteswelt', ‚Antiphathes' und ‚sizilisch' war diese Frage recht zügig und eindeutig zu beantworten. Denn diese Angaben genügten vollkommen, um eine Spur zu legen zu den homerischen Lästrygonen, die in der ‚Odyssee' eine grausige Rolle spielen. Bereits bei unserer anfänglichen Suche durch die Mythen der Antike waren wir auf jene menschenfressenden Riesen gestossen, hatten sie aber wieder aus den Augen verloren, da sie weder – zumindest nicht bei Homer – als Kopfjäger erwähnt noch im mitteleuropäischen Raum angesiedelt werden und außerdem in keiner Relation zu einer tausendjährigen Tradition stehen. Dementsprechend waren die Lästrygonen nach der ersten Durchsicht ausgemustert worden. Doch von Junzts Hinweise relativierten diese Vorbehalte gegen Homers Riesen grundlegend.

Im Folgenden sei die entsprechende Passage aus der ‚Odyssee' zitiert, die die Lästrygonen als mythische Wesen erstmals in die Literatur eingeführt hat. Zum Verständnis der Handlung: Odysseus, der Herrscher von Ithaka, befindet sich auf seiner nicht enden wollenden, entbehrungsreichen Heimreise von Troja. Unterwegs treibt er mit zwölf begleitenden Schiffen durch starke Winde an die Küste des Lästrygonenlandes. Die folgenden Verse stammen aus dem zehnten Gesang der ‚Odyssee':

‚... Als wir nun sechs Tag' und Nächte die Wogen durchrudert,
landeten wir bei der Feste der Lästrygonen, bei Lamos' Stadt
Telepylos an ...
Jetzo erreichten wir den trefflichen Hafen, den ringsum
himmelanstrebende Felsen von beiden Seiten umschließen
und wo vorn in der Mündung sich zwo vorragende Spitzen
gegeneinander drehn; ein enggeschlossener Eingang.
Meine Gefährten lenkten die gleichgezimmerten Schiffe
alle hinein in die Bucht und banden sie dicht beieinander ...
Ich allein blieb draußen mit meinem schwärzlichen Schiffe
an dem Ende der Bucht und band es mit Seilen am Felsen,
kletterte dann auf den zackichten, weitumschauenden Gipfel.
Aber es zeigte sich nirgends die Spur von Stieren und Pflügern,
sondern wir sahn nur Rauch von der Erd' am Himmel
hinaufziehn.
Jetzo sandt' ich Männer voraus, das Land zu erkunden,
was für Sterbliche dort die Frucht des Halmes genössen,
zween erles'ne Gefährten; ein Herold war ihr Begleiter.
Und sie stiegen ans Land und gingen die Straße, worauf man
holzbeladene Wagen vom hohen Gebirge zur Stadt fährt.
Ihnen begegnete dicht vor der Stadt ein Mädchen, das Wasser
schöpfte, des Lästrygonen Antiphates rüstige Tochter.
Diese stieg zu der Nymphe Artakia sprudelnder Quelle
nieder, denn daraus schöpften die Lästrygonen ihr Wasser.
Und sie traten hinzu, begrüßten das Mädchen und fragten,
wer dort König wäre und welches Volk er beherrschte.
Jene wies sie sogleich zum hohen Palaste des Vaters.
Und sie gingen hinein in die Burg und fanden des Königs
Weib, so groß wie ein Gipfel des Bergs, und ein Grauen
befiel sie.

Jene rief den berühmten Antiphates aus der Versammlung,
ihren Gemahl, der ihnen ein schreckliches Ende bestimmte.
Ungestüm packt' er den ein' Gefährten und tischte den Schmaus auf,
aber die übrigen zween enteilten und flohn zu den Schiffen.
Und er erhub ein Gebrüll durch die Stadt, und siehe, mit einmal
kamen hierher und dorther die rüstigen Lästrygonen
zahllos zuhauf; sie glichen nicht Menschen, sondern Giganten.
Diese schleuderten jetzt von dem Fels unmenschliche Lasten
Steine herab; da entstand in den Schiffen ein schrecklich Getümmel,
sterbender Männer Geschrei und das Krachen zerschmetterter Schiffe.
Man durchstach sie wie Fische und trug sie zum scheußlichen Fraß hin.
Während diese die Männer im tiefen Hafen vertilgten,
eilt' ich geschwind und riss das geschliffene Schwert von der Hüfte
und zerhaute die Seile des blaugeschnäbelten Schiffes.
Dann ermahnt' ich und trieb aufs Äußerste meine Genossen,
hurtig die Ruder zu regen, dass wir dem Verderben entrönnen;
keuchend schlugen sie alle die Flut, aus Furcht vor dem Tode.
Aber glücklich enteilte mein Schiff von den hangenden Klippen
über das Meer; die andern versanken dort all' in den Abgrund ...'

So weit Homers Schilderung der grausigen Begegnung Odysseus' mit den Lästrygonen. Mit einem von zwölf Schiffen gelingt ihm die Flucht, während seine zurückgebliebenen Gefährten von den riesenhaften Giganten verspeist werden.

Homers Werk auf konkrete Bezüge zu realem Geschehen hin zu untersuchen, ist eine äußerst schwierige Aufgabe. Gerade die ,Odyssee' – im Unterschied zur teilweise historischen ,Ilias' – gilt eigentlich mehr als ein altgriechisches Märchen-

buch. Insoweit müsste eine Darstellung wie im zitierten Fall klar zum Reich der Fantasie gerechnet werden. Aber im Rahmen dieser ganzen Untersuchung haben sich nun bereits des Öfteren Schnittstellen zum Surrealen hin ergeben, sodass wir auch hier bei Homer – gerade im Hinblick auf von Junzts Hinweise – eine genauere Prüfung vornehmen wollen.

Eine Verfolgung der lästrygonischen Spuren in der Zeit nach Homer bringt wenig Resultate mit sich. Aus griechischer Zeit erwähnenswert ist eine Nennung dieser Riesen in ‚Der

Peleponnesische Krieg' des Historikers Thukydides (circa 460 bis 400 v. Chr.), der sie an der Norwestküste Siziliens ansiedelt. Anders die römische Überlieferung: Hier werden sie auf dem italienischen Festland nördlich von Neapel lokalisiert, nämlich als Gründer der Stadt Formiae am Golf von Gaeta. Sie erscheinen in Ovids ‚Metamorphoses', in Horaz' ‚De arte poetica', in der ‚Punica' des Silius und bei wenigen anderen römischen Autoren. Danach verliert sich die literarische Spur dieser mythischen Riesen.

Diese unterschiedlichen Ortsbestimmungen sind für unsere Fragestellung eigentlich kaum relevant. Es mag aber wahrscheinlich sein, dass der Lästrygonen-König Lamus die Stadt Formiae tatsächlich gegründet hat; eventuell ist ein Teil dieses Volkes danach nach Sizilien übergesiedelt. Hier dürfte Homer seine Handlung lokalisiert haben, wobei Antiphates der sizilische Herrscher der Lästrygonen war.

Was die Menschenfresserei anbelangt, so wird Homer nicht weiter konkret, doch wenn sich die Verspeisung auf Köpfe beschränkt hätte, so hätte er dies gewiss erzählt. Ihre Körpergröße und ihr Aussehen wird auch nicht im Detail geschildert – die Lästrygonen sind schlicht Giganten; auch hier darf man annehmen, dass sich Homer die Schilderung schattenhaften Aussehens nicht hätte entgehen lassen, wenn es ihm bekannt gewesen wäre. Diese doch eher indifferente Darstellung macht – gerade auch vor dem Hintergrund der realen, heutigen Erkenntnisse über die Wesen – von Junzts Hinweis eigentlich fragwürdig.

Von daher befinden wir uns erneut in einer Sackgasse: Durch von Junzt sind wir auf direktem, unstrittigem Weg zu den Lästrygonen und damit zu Homer gelangt, doch hier endet leider vorerst unsere Spur, da einfach kein logischer Zusammenhang zwischen der ‚Odyssee'-Passage und von Junzts Hinweis zu erkennen ist; es fehlt das Bindeglied. Es ist anzunehmen, dass von Junzt sich mit seiner Aussage weniger auf Homer als auf eine andere Quelle bezog und stützte, ohne die wir keinen endgültigen Schlüssel zu diesem Rätsel haben werden.

Alle anderen Nennungen der Lästrygonen oder des Antiphates in der antiken Überlieferung – insgesamt etwa zehn kurze bis winzige Passagen – eröffnen da ebenfalls keinen Lösungsweg; zum Großteil handelt es sich dabei nur um einfache Reminiszenzen an Homers Darstellung. Auf welche Information stützt sich also von Junzts Angabe?

Unsere dringlichste Aufgabe wird es demnach sein, diese noch fehlende Quelle zu finden, um so hoffentlich vollständig die rätselhaften Hintergründe des Geschehens auf dem Heiligenberg aufklären zu können. Wir werden unsere Anstrengungen verdoppeln und hoffen, Ihrer Kommission morgen unseren Abschlussbericht vorlegen zu können.

Hochachtungsvoll

Prof. Karl Hampe Prof. Friedrich von Goden"

❖

Fünftes Sitzungsprotokoll der Untersuchungskommission zu Heidelberg vom 28. Juni 1907:

„Wilckens: Guten Abend. Meine Herren, die nächste Nacht liegt unmittelbar vor uns, und ich muss wohl nicht eigens betonen, mit welcher Besorgnis ich ihr entgegensehe.

Dies umso mehr, als sich eine Hoffnung, die ich für den heutigen Abend noch hatte, leider zerschlagen hat. Denn den Wissenschaftlern ist es noch nicht gelungen, das Rätsel vollständig zu lösen. Was sie in ihrem Zwischenbericht dokumentieren, ist zwar ein Teilergebnis, doch es gibt uns bedauerlicherweise kein praktisches, wirkungsvolles Mittel gegen die Bedrohung an die Hand.

Vogler: Ja, das ist leider richtig. Wir kennen nun zwar den Namen unseres übernatürlichen Widersachers, doch die ursächlichen Hintergründe bleiben nach wie vor im Dunkeln.

Ich muss sagen, ich hatte im bisherigen Verlauf dieser Tragödie mit vielen Möglichkeiten gerechnet, aber an menschenfressende Riesen aus der antiken Mythologie, diese Lästrygonen, war bei aller Fantasie nicht zu denken.

Lamers: Man kommt sich vor wie in einem surrealen Albtraum, der an die Stelle der Wirklichkeit getreten ist. All das ist mit unserem Weltbild, so modern und aufgeschlossen es auch ist, in keiner Weise vereinbar.

Nichtsdestotrotz hat es keinen Sinn, das Ergebnis der Wissenschaftler anzuzweifeln oder schlichtweg in fatalistische Resignation zu verfallen. Wir müssen uns dieser Bedrohung – und sei sie noch so fremdartig – stellen und ihr mit allen uns zu Gebote stehenden Mitteln entgegentreten. Über den schockierenden Eindruck der unglaublichen Wahrheit dürfen wir unsere Aufgabe und unser Ziel nicht aus den Augen verlieren, nämlich den bestmöglichen Schutz der Bevölkerung.

Wilckens: Herr Lamers, ich denke Sie haben uns allen aus der Seele gesprochen. In der Tat ist der heutige Abend ein beklemmender Tiefpunkt, an dem man der Gefahr ausgesetzt ist, angesichts des übernatürlichen Gegners und der bevorstehenden Schreckensnacht seelisch zu kapitulieren.

Doch ich möchte als Oberbürgermeister auch an unsere Verantwortung und unseren Mut appellieren, die Hoffnung nicht aufzugeben. Lassen Sie uns tun, was in unserer Kraft steht.

Vogler: Meine Herren, ich freue mich, unsere Kommission so entschlossen und einmütig zu sehen.

Lassen Sie uns in der Tat nicht weiter über die entsetzlichen Lästrygonen oder die vermeintlichen Hintergründe dieser Heimsuchung grübeln, sondern uns vielmehr auf unser praktisches Handeln konzentrieren. Die analytische und hoffentlich bald Klarheit schaffende Denkarbeit in dieser Tragödie sollten wir den Wissenschaftlern überlassen.

Schanz: Ja, jegliches Rätselraten und Kopfzerbrechen unsererseits ist müßig und reine Zeitvergeudung.

Wenden wir uns also der konkreten Praxis zu: Wir müssen über den Stand unserer präventiven Maßnahmen sprechen. Wie steht es um die Evakuierung der beiden Teilgemeinden, und welches Stadium haben die Planungen für die Evakuierung des Großraums Heidelberg erreicht?

Wilckens: Was Handschuhsheim und Neuenheim anbelangt, so wird die Verbringung der Bevölkerung am Abend abgeschlossen sein. Wir haben Quartiere und Notunterkünfte in verschiedenen Nachbargemeinden eingerichtet. Es stehen mehrere Schulhäuser, Turnhallen und andere Räumlichkeiten unter anderem in Dossenheim, Ladenburg, Wieblingen und Eppelheim zur Verfügung. Außerdem ist die Versorgung der dort evakuierten Menschen mit Verpflegung und eine medizinische Betreuung sichergestellt worden. Ab acht Uhr heute Abend werden die beiden Orte vollständig geräumt sein.

Lamers: Sehr gut, damit wäre die bisherige Hauptstoßrichtung der Lästrygonen, nämlich die westliche Flanke des Heiligenbergs, weitgehend entschärft. Es bleibt dann nur zu hoffen, dass die Bestien ihre Suche nicht über diese beiden evakuierten Orte hinaus weiter nach Westen lenken. Denn die dortigen Gemeinden können wir erst mit der Großraum-Evakuierung sichern.

Schanz: Ich glaube nicht, dass sich die Lästrygonen weit über Handschuhsheim oder Neuenheim hinaus bewegen werden. Die Distanz ist doch recht groß und die ihnen bemessene Nachtzeit dafür etwas zu knapp.

Wilckens: Ihr Wort in Gottes Ohr, Inspektor Schanz. Gut, was ist mit den Maßnahmen auf dem Heiligenberg selbst?

Lamers: Wir werden erneut unser Alarmsystem zum Einsatz bringen. Das heißt, dass wie zuvor auf halber Höhe des Berges die Postenketten aufgestellt werden. Denn nur so können wir eine möglichst schnelle Frühwarnung gewährleisten, die uns genügend Zeit verschafft, um angemessen reagieren zu können.

Das betrifft weniger den ehedem evakuierten Westen des Berges, als vielmehr seine Südflanke, die hinabführt zum Neckarufer und damit zur Altstadt von Heidelberg.

SCHANZ: Wie bereits heute Morgen berichtet, haben wir für den Fall, dass die Stoßrichtung der Lästrygonen nach Süden weisen sollte, die Evakuierung des Altstadt-Korridors vorbereitet. Ich habe mich am Nachmittag mit den dortigen Einsatzleitern getroffen, die sehr zuversichtlich sind, diese Notfallmaßnahme innerhalb des engen Zeitrahmens bewältigen zu können. Mehr können wir hier präventiv nicht tun, zumal all diese Maßnahmen im Geheimen vorbereitet werden müssen, um eine Beunruhigung oder gar Panik unter der Bevölkerung im Vorfeld zu vermeiden.

WILCKENS: Gut, soweit also zu den konkreten Vorbereitungen für die heutige Nacht.

Herr Vogler, was gibt es bezüglich der Planung für eine Großraum-Evakuierung zu berichten?

VOGLER: Nun, ich habe im Verlauf des Tages in Karlsruhe Gespräche mit dem Innenminister und mit Vertretern des Kriegsministeriums geführt.

Wie wir es ja befürchtet hatten, gibt es für eine solche Maßnahme in der Tat kein modellhaftes Vorbild, auf das man zurückgreifen könnte. Die beiden Ministerien bilden daher einen gemeinsamen Planungsstab, der ein entsprechendes Szenario personell und organisatorisch vorbereiten und realisieren soll. In den Gesprächen wurde von einem personellen Mindestkontingent in Bataillonsgröße ausgegangen. Allein dies, aber auch die Verfügbarmachung entsprechender Transportmittel und Unterbringungsmöglichkeiten für die Tausende Evakuierten macht verständlich, warum eine konkrete Realisierung nicht vor frühestens morgen möglich ist.

WILCKENS: Immerhin, damit hatte ich eher nicht zu rechnen gewagt. Das bedeutet, wir müssen die heutige Nacht noch überstehen, danach können wir erst einmal tief durchatmen und neue Kraft schöpfen.

Vogler: Ja, ich denke, wenn die große Evakuierung durchgeführt ist, haben wir wieder etwas zeitlichen Spielraum gewonnen.

Wilckens: Gut. Meine Herren, mit dieser doch ein wenig Hoffnung machenden Perspektive möchte ich die Sitzung beenden. Wir treffen uns morgen früh am gleichen Ort wieder. Ich wünsche mir, dass wir Glück haben und dass uns eine weitere Katastrophe erspart bleibt. Guten Abend."

❖

Sechstes Sitzungsprotokoll der Untersuchungskommission zu Heidelberg vom 29. Juni 1907:

„Wilckens: Einen guten Morgen – im wahrsten Sinne dieses Wortes. Meine Herren, ich glaube auch in Ihren Gesichtern an diesem Morgen eine gewisse Entspannung und Erleichterung feststellen zu können. Ich bin sehr gespannt auf den Bericht unserer Herren Lamers und Schanz, denn nach meinen ersten Informationen hat diese Nacht all unsere Hoffnungen bei weitem übertroffen. Es hat keinen neuerlichen Auftritt der entsetzlichen Lästrygonen gegeben.

Lamers: In der Tat, vielleicht liegt diese schreckliche Zeit ja endlich hinter uns.

Es gab in der letzten Nacht in der Tat keinerlei Bewegung auf dem Heiligenberg; keiner der am Hang postierten Beamten hat auch nur die kleinste Auffälligkeit beobachten können. Ich weiß, dass wir alle eine tiefe Erleichterung empfinden, für die mir nun fast die Worte fehlen – eine schreckliche Angst ist, zumindest für den Augenblick, von uns gewichen. Doch lassen Sie mich zunächst den Verlauf der letzten Nacht schildern.

Unter enormer seelischer Anspannung und mit einem gewiss nachvollziehbaren Angstgefühl hatten die Polizisten gestern Abend ihre Posten bezogen und um neun Uhr den Kreis um den Heiligenberg geschlossen. Kurz zuvor war auch die Räumung der beiden Orte zu ihrem planmäßigen Ende gekommen – am westlichen Rand des Berges war nun außer den dort positionierten Beamten kein Mensch mehr zu finden. Bei einem Rundgang war ich froh, die Straßen von Handschuhsheim und Neuenheim menschenleer zu sehen. Die schrecklichen Bilder der vorherigen Nacht standen mir als unvergessliche Mahnung noch lebhaft vor Augen.

SCHANZ: Das stimmt, mir ging es ähnlich. Die Erleichterung, kein potenzielles Opfer auf den Straßen zu sehen, wirkte beruhigend.

Herr Lamers und ich sind dann in den Nachbarort Dossenheim gefahren und haben uns dort in den Räumen der örtlichen Schule die Unterbringung der evakuierten Bürger angesehen. In den Klassenräumen und auf den Fluren standen unzählige Feldbetten und einfache Liegen bereit, sanitäre Einrichtungen waren vorhanden, und darüber hinaus versorgte die lokale Feuerwehr die Menschen mit Nahrung und Getränken. In einem kleinen Raum war dann noch ein Arzt untergebracht, der die medizinische Betreuung gewährleisten sollte. Insgesamt waren in diesem Gebäude auf zwei Stockwerken etwa einhundert Menschen untergebracht worden. In ähnlicher Weise waren auch in anderen umliegenden Ortschaften Räumlichkeiten bereitgestellt worden, um die Bewohner der beiden Gemeinden aufnehmen zu können.

Nach dieser zufrieden stellenden Inspektion fuhren wir zurück nach Handschuhsheim und begaben uns in die dortige Polizeiwache, die – zugleich Sitz des Sonderdezernats – als unser nächtliches Hauptquartier dienen sollte. Wir waren mittels telefonischer Verbindung mit den Postenketten in ständigem Kontakt und besprachen mit den Einsatzleitern noch einmal Einzelheiten des nächtlichen Einsatzes.

LAMERS: Die Zeit verstrich langsam, und voller Spannung warteten wir auf zwei Uhr, den früheren Startzeitpunkt des Schreckens.

Als es schließlich so weit war, starrten wir alle wie gebannt auf die Telefone – die nervliche Anspannung der folgenden halben Stunde war nahezu unerträglich. Es wurde kein Alarm ausgelöst.

Zunächst sprachen wir telefonisch mit den vorgeschobenen Posten am Biehlerweg und am Philosophenweg und erfuhren übereinstimmend, dass keinerlei Vorkommnisse auf dem Heiligenberg zu vermelden seien. Wir setzten uns sofort in Bewegung und hatten nach kräftigem Marsch um etwa halb vier Uhr die Postenkette erreicht. Im persönlichen Gespräch mit den Beamten erfuhren wir dann eigentlich auch nicht viel mehr – mit der interessanten Ausnahme, dass einigen Polizisten zum ersten Mal seit Tagen wieder Vögel auf dem Berg aufgefallen waren.

Erinnert man sich noch an die wohl instinktive Flucht aller Tiere vom Heiligenberg unmittelbar zu Beginn der ganzen Tragödie, so muss einen diese Nachricht hoffnungsfroh stimmen.

Inspektor Schanz und ich konnten uns bereits kurze Zeit später, unmittelbar vor der Morgendämmerung, selbst von der geradezu überraschenden Präsenz der zwitschernden und singenden Vögel im Wald um den Heiligenberg überzeugen. Könnte man sich auf den Instinkt der Tiere rückhaltlos verlassen, so ließe diese Rückkehr der geflohenen Geschöpfe nur den einen Schluss zu, dass nämlich das entsetzliche Treiben der Lästrygonen auf dem Heiligenberg vorüber ist.

Mit dem ersten, grauen Tageslicht haben wir die Posten am Hang schließlich aufgehoben und auch die am Fuße des Heiligenbergs und in der Heidelberger Altstadt bereitstehenden Polizisten abgezogen.

Schanz: Die Erleichterung und Entspannung auf den Gesichtern der Beamten war ein wohltuender Anblick. Es wirkte wie das befreiende Aufwachen aus einem entsetzlichen Albtraum.

Vogler: So erleichternd und hoffnungsvoll einen die letzte Nacht auch stimmen mag, es gibt noch keinerlei Garantie dafür, dass die Bedrohung wirklich vorüber ist. Ich will die Stimmung in keiner Weise unnötig trüben, doch vielleicht ist das Fernbleiben der Lästrygonen nur ein glücklicher, temporärer Zufall. Wenngleich ich auch einräumen muss, dass die Rückkehr der Tiere durchaus als positives Zeichen gewertet werden darf.

Wilckens: Sie brauchen sich für Ihre gesunde Skepsis nicht zu entschuldigen, Herr Vogler. Ich denke, wir alle sind in ähnlichem Maße misstrauisch und scheuen vor einer verfrühten Entwarnung zurück.

Doch, meine Herren, ich glaube, ich verspreche nicht zu viel, wenn ich Ihnen sage, dass wir einen zusätzlichen, vom bisher Erwähnten unabhängigen Grund zu berechtigter Hoffnung haben. Denn kurz vor Beginn der Sitzung rief mich Professor Hampe an, um mitzuteilen, dass die Wissenschaftler nach langer, arbeitsintensiver Nacht endlich fündig geworden seien und die Lösung des Mysteriums vorläge. Ohne in der Eile mehr verraten zu können, kündigte er die Aushändigung des Abschlussberichts für den späteren Vormittag an. Auf meine kurze Schilderung der friedlichen letzten Nacht reagierte er mit hörbarer Freude und sagte, dass gerade dies den Bericht der Wissenschafter vollauf bestätige.

Wir dürfen also gespannt sein und uns Hoffnung machen, dass das Drama vielleicht wirklich an sein Ende gelangt ist.

Lamers: Das klingt in der Tat sehr ermutigend. Ich denke, wir können im Moment eigentlich nicht viel mehr tun, als uns auf den Zeitpunkt zu vertagen, an dem der Abschlussbericht vorliegt. Erst danach kann man sinnvoll entscheiden, wie es weitergehen soll.

Vogler: Das stimmt. Ohne diese vielleicht ausschlaggebenden Informationen wäre es völlig unangebracht, irgendwelche Entscheidungen bezüglich der Evakuierungen oder anderer Maßnahmen zu treffen.

Wilckens: Gut, dann betrachte ich es also als allgemeinen Konsens, dass wir uns auf später vertagen. Ich schlage vor, wir treffen uns um elf Uhr wieder. Bis dann, meine Herren.“

Abschlussbericht des wissenschaftlichen Beirats der Untersuchungskommission vom 29. Juni 1907:

„Um es vorab zu sagen: Die Lösung und Erklärung für das Phänomen scheint endlich gefunden. Der zweite Teil unserer philologischen Suche hat den entscheidenden Schlüssel geliefert. Nachdem darüber hinaus heute Morgen bekannt wurde, dass die Lästrygonen nicht wieder erschienen sind, gehen wir mit großer Überzeugung davon aus, dass die gesamte, entsetzliche Tragödie in der vorletzten Nacht ihr Ende gefunden haben dürfte, und dies zumindest für die nächsten tausend Jahre. Unabhängig voneinander bestätigt so die Realität unsere Untersuchungsergebnisse – und natürlich auch umgekehrt.

Bevor es auf den nächsten Seiten darum gehen soll, dies zu verdeutlichen, möchten wir zum Abschluss der Arbeiten unseres wissenschaftlichen Kreises noch einmal unseren großen Dank an alle beteiligten Forscher aussprechen. Innerhalb dreier Tage ein solches, beispielloses Rätsel gelöst zu haben, ist nur dem Fleiß und der Opferbereitschaft aller Kollegen zu verdanken, die auch heute Nacht unermüdlich an der Aufklärung gearbeitet haben. Dieser Einsatz ist belohnt worden.

Wie es in der Forschung häufig geschieht, führte uns der Zufall an unser Ziel. Wir trafen uns am späten gestrigen Abend, um das weitere Vorgehen zu koordinieren. Die allgemeine Stimmung war recht bedrückt und angespannt, da der Zeitdruck schwer auf uns lastete. Außerdem war im Kreis der Wissenschaftler eine gewisse Enttäuschung darüber zu spüren, dass wir der Lösung so nahe waren und zugleich doch so fern.

Wir hatten gerade die Situation resümiert und wollten überlegen, welche Quellen wir nun genauer beleuchten sollten, als ein Kollege aus dem Altphilologischen Seminar mit einem lauten, aufgeregten Ruf auf sich aufmerksam machte. Er berichtete von einem Handschriftenfund aus dem Jahre 1904 in der British Library in London. So weit er sich erinnern könne, beträfe er einen altgriechischen Text, der Homer in wichtigen Einzelpunkten ergänze und interpretiere.

Umgehend begann die Recherche nach diesem Zeugnis, das ja eventuell Aufschluss geben konnte. Nach längerer Suche wurden wir endlich fündig; in der Publikationsreihe ‚The New Paleographical Society' war im Jahre 1904 das photographische Faksimile eines frühen Papyrus nebst einer Transkription veröffentlicht worden. Die Handschrift wurde ins erste Jahrhundert nach Christus datiert und war in den unerforschten Beständen der British Library entdeckt worden. Es handelte sich um ein einzigartiges Fragment des nur bruchstückhaft überlieferten griechischen Autors Hellanikos.

Bis zu diesem Zeitpunkt hatten wir alle nur eine vage Hoffnung, das Rätsel um die Lästrygonen lösen zu können, doch mit dem Studium dieses Textes wurde uns klar bewusst, dass sich von Junzt nur auf die hier enthaltene Information bezogen haben konnte.

Hellanikos aus Mytilene auf der Insel Lesbos lebte um 450 bis 400 v. Chr. und ist bekannt als ein früher Universalgelehrter, der ein großes Gesamtwerk geschaffen hat, von dem leider nicht mehr als kleine Fragmente erhalten sind. Er verfasste regionale und städtische Geschichtswerke, unter anderem die erste Geschichte Attikas, beschrieb in geographisch-ethnologischen Werken fremde Völker und Landschaften und befasste sich mit der Genealogie griechischer Geschlechter. Der Papyrus-Fund von 1904 zeigte Hellanikos nun auch als Interpreten Homers.

Dieses Textfragment enthält verschiedene Kommentare Hellanikos' zur ‚Odyssee'; neben geographischen Bestimmungen finden sich viele Erläuterungen zu Einzelpersonen des Epos oder zu inhaltlichen Fragen. Oftmals gibt Hellanikos hier Zusatzinformationen, die Homers Text sinnvoll ergänzen. So auch im Falle unseres Interesses, denn im mittleren Teil des Fragments finden sich Angaben zu den Lästrygonen, die den Kreis unserer Forschungen endlich schließen. Sie bilden den Angelpunkt, um den sich all unsere bisherigen Funde gruppieren, und der von Junzts rätselhaftem Bericht einen entsetzlichen, aber logischen Sinn verleiht. Im Folgenden sei hier der Wortlaut aus dem Papyrus-Fragment Hellanikos' in ungekürzter Form wiedergegeben (Manuskript der British Library, Greek Department, Signatur F XVII, Folio 3 recto):

‚... Die Götter sind den Menschen nicht unähnlich, so sind auch bei ihnen Liebe und Hass, Hilfsbereitschaft, Eitelkeit, Schöpfergeist, Freude und Zorn, Gerechtigkeit und Willkür und andere Eigenschaften zu finden.

Was Homer uns verschweigt, ist das göttliche Empfinden über Dinge, die geschehen sind, um die sie sich bemüht haben oder die sie bekämpft haben. Der Held ist der Mittelpunkt des Epos, die Götter helfen ihm oder hindern ihn nur.

Athenes Beistand für alle Helden, nicht nur für Odysseus, ist bekannt. Für diese hat sie Zeus, ihren Vater, beredet, auf dass er deren Schicksal gewogen sei. Und Zeus hat ihr, die sie seine liebste Tochter war, sein Ohr nicht verwehrt und ihre Heldenhilfe allzu oft gebilligt, was wiederum Streitigkeiten mit andern Göttern Ursache gab. Athene jedoch – und dies ist es, was Homer uns vorenthalten hat – war oftmals mit dem Glück des Helden allein nicht zufrieden. Sie forderte Bestrafung derer, die seinen Weg zu hindern gewagt hatten. Ihr Zorn über solch anmaßende Bedrohung eines gottgefälligen Helden vergaß keine Untat. Und Zeus hörte ihre wütenden Reden an. Manches Mal konnte er ihren Zorn beruhigen durch väterlichen Zuspruch, oft musste er ihrem Toben machtvoll Einhalt gebieten, doch einige Male ließ er sich von ihrer Wut hinreißen und tat ihr zu Gefallen.

Ein solcher Fall sind nun die Lästrygonen. Homer lässt uns von einem Nachspiel nichts wissen. Im zehnten Gesang der Odyssee verliert der Held viele seiner Gefährten an diese menschenfressenden Riesen; er selbst flieht mit knapper Not. Homer entlässt diese Giganten daraufhin aus seinem Werk – nichts ward mehr von ihnen gehört. Der große Dichter verschweigt Athenes Zorn und Zeus' Willfährigkeit. Die vollkommene Geschichte der Lästrygonen aber ist die folgende:

Athene erreichte ihres Vaters Gehör mit ihrem flehenden Zorn, diese scheußlichen Giganten zu strafen ob ihrer Vermessenheit, den Helden ohne Not angegriffen zu haben. Sie forderte ewige Qualen gleich denen des Tantalus. Zeus selbst war es dann, der dem Antiphates und seiner Kriegerschar sein Urteil verkündete: »Ob eures unverzeihbaren Angriffs und Mordens gegen die Gefährten des Odysseus und ob eures widernatürlichen Menschengenusses werdet Ihr all eure Tage im Schattenreich der Unterwelt mit ewigem Hungern verbringen. Hades, Sohn des Kronos, und seine Gemahlin Persephone, die gemeinsam jene Welt der Toten beherrschen, werden euch empfangen am Averner See, der das Tor zur Unterwelt ist.«

Antiphates, der Führer der verschlagenen Lästrygonen, bat weinend um Gnade für ihn und seine Genossen. Zeus, der seine Lieblingstochter zufrieden sah, gewährte die Gnade aus Mitleid mit den Unseligen: »Es sei euch Gnade erwiesen. Ihr mögt alle tausend Jahre zur Sonnenwende zu sieben Malen emporsteigen zur Erde und dort eure grausige Nahrung suchen. Und damit der Olymp verschont bleibt vom Anblick dieses eures widerwärtigen Geschäfts, sollt Ihr nur an einem entfernten, nördlichen Ort nächtens jagen; auch sollt Ihr euer grausiges Mahl nur unter der Erde abhalten. Damit Ihr aber lernen werdet, was Sitte und Unsitte trennt, mögt Ihr nurmehr Köpfe verzehren, auf dass die darin umschlossene menschliche und zugleich göttliche Essenz euch lehre, was wider die Natur ist.«

Und so ward den Lästrygonen ein ewiges Martyrium beschlossen. Die Lieblingstochter liebkoste in dankbarer Freude den Vater, der es zufrieden war. Was Homer zum Schweigen drängte, ist nicht bekannt, doch der göttliche Ratspruch, der für immer gilt, zeigt einmal mehr die Existenz und Wirkung göttlicher Gefühle ...'

Dieser Text bedarf wohl keiner weiteren Erläuterungen; er ist das gesuchte, fehlende Bindeglied zwischen von Junzts Angabe und Homers ‚Odyssee'. Woher dem Prager Gelehrten diese Quelle zumindest in Grundzügen bekannt war, die aus heutiger Sicht als ein Novum gelten muss, wäre einer Untersuchung würdig, ist in unserem Falle jedoch irrelevant.

Entscheidend ist allein die Tatsache, dass die Lösung des Rätsels gefunden ist. Was auf dem Heiligenberg sein entsetzliches und mordendes Unwesen treibt, sind tatsächlich jene Lästrygonen mit ihrem Führer Antiphates. Wir alle tun uns äußerst schwer damit, diese Worte in den abschließenden Bericht zu schreiben, doch – so unbegreiflich es ist – dies ist die Wahrheit. Und sie wird belegt durch die Wirklichkeit.

Im Jahre 93 v. Chr., im mittelalterlichen 907 und im gegenwärtigen 1907 sind mythologische Riesen aus der Unterwelt emporgestiegen, um sieben Nächte lang die ihnen gewährte Gnade zu nutzen.

Nun, im Lichte dieser Erkenntnisse, haben wir die Antworten auf eigentlich alle Fragen vor uns liegen. Die dringlichste ist die nach der Dauer des gegenwärtigen Schreckens beziehungsweise nach einem effizienten Mittel der Abwehr. Die Antwort lautet: Es gibt nur das eine Mittel, die sieben Nächte zu überstehen und hinter sich zu bringen. Da die Lästrygonen nach der Sonnenwende am 21. Juni in Erscheinung treten dürfen, bildet die Nacht vom 21. auf den 22. Juni die erste der sieben Nächte. Weitergerechnet bedeutet dies, dass die vorletzte Nacht die letzte der Lästrygonen war – sieben Mal sind sie emporgestiegen.

Hellanikos' Fragment erhellt aber auch die übrigen, bislang völlig dunklen Punkte hinsichtlich der entsetzlichen Wesen. So wäre ihre körperliche, halbseitige Konsistenz genauso wie ihre konturenlose Schattenhaftigkeit durch ihr vermengtes Dasein als einerseits Lebewesen und andererseits geisterhafte Bewohner des Schattenreiches der Unterwelt zu erklären. Sie selber können körperlich agieren, sind aber für andere nur unantastbare Schatten. Das Rätsel der Kopfjagd und das Hinabtragen der Beute ins Heidenloch erscheinen nun ebenfalls als logische Konsequenz von Zeus' Bannspruch. Auch die Frage, warum diese mythischen Figuren der griechischen Geisteswelt in Mitteleuropa auftauchen, ist durch Hellanikos' Bericht erklärt.

So absurd dies klingen mag, das Heidenloch ist über den Felsspalt mit den weitläufigen Gefilden der Unterwelt verbunden, wo die Wesen gleich Schatten existieren. Hades hat das Gebot des Zeus, dass die Lästrygonen nur noch außerhalb der hellenischen Welt agieren dürfen, in der Form umgesetzt, dass sie die Unterwelt nur auf dem Heiligenberg verlassen dürfen. Anfangs – sprich, in den ersten Nächten – scheinen sie sich zunächst orientiert zu haben; die Vorfälle blieben alle im unmittelbaren Umfeld des Berges. Erst danach haben sie Handschuhsheim als geeignetes Jagdrevier ausgemacht und heimgesucht.

Die Beobachtung mehrerer Polizeibeamter, dass sich unter den Wesen eine Art Führer habe erkennen lassen, ist nun ebenfalls belegt. Es ist jener Antiphates, der laut Homer einen Kundschafter des Odysseus in seinem Palast verspeiste und die lästrygonischen Riesen auf die fliehenden Gefährten des Helden hetzte. Er immerhin erwirkt bei Zeus eine Milderung des strengen Urteilsspruchs. Was sich da wie eine Gnade ausnimmt, kann aber eher als göttlicher Zynismus betrachtet werden, denn diese Form der Gnade entspricht mehr dem grausamen Charakter der ewigen Torturen eines Sisyphus oder eines Tantalus.

Mit der vorletzten Nacht ist die gewährte Frist der Lästrygonen verstrichen. Dreiunddreißig Opfer hat ihr gieriges Wüten tragischerweise gekostet, doch für tausend Jahre wird die Pforte nun geschlossen sein.

Wir sind fassungslos angesichts der unbegreiflich anmutenden Wahrheit, denn die gefundene Erklärung entzieht sich menschlichem Denken und Verständnis. Allenfalls in der imaginären Vorstellung und Fantasie mag man ähnliche Dinge akzeptieren können. Doch hier bleibt uns keine Wahl – ohne jeden Zweifel liegen die Umstände tatsächlich so, wie es unsere Untersuchung gezeigt hat.

Die Konsequenzen dieser Wahrheit sind kaum auszudenken. Alle Bereiche menschlichen Verständnisses, das Weltbild und die Gottesvorstellung wären von Grund auf zu revidieren und zu erneuern. Die Erschütterung für das kulturelle und theologische Empfinden der Menschheit wäre nicht abzusehen. Aus diesem Grunde sind wir in unserer abschließenden Sitzung am runden Tisch einhellig zu dem Schluss gelangt, Ihrer Kommission zu empfehlen, diese Wahrheit nicht – oder zumindest nicht in ihrer letztendlichen Konsequenz – in die Öffentlichkeit zu tragen. Wir sehen in diesen Zeiten keine Möglichkeit, den Menschen eine so revolutionäre Umwälzung nahe zu bringen. Die Einsicht und Lernfähigkeit ist unseres Erachtens gegenwärtig nicht so geartet, dass die Menschheit für eine grundlegende, weltanschauliche Neuorientierung bereit wäre. Im Gegenteil, unseres Erachtens wären vielmehr panikartige Reaktionen zu befürchten. Wir möchten Ihnen daher nahe legen, der Öffentlichkeit eine zwar plausible Erklärung der Vorfälle zu geben – denn eine offizielle Stellungnahme wird sicherlich notwendig sein –, die aber allenfalls die halbe Wahrheit enthüllt. Wir selbst werden im Sinne der von uns beeidigten Amtsverschwiegenheit unsere Ergebnisse allein Ihrer Kommission zur Verfügung stellen und sie ansonsten ad acta legen.

Angesichts unserer Ergebnisse darf man die entsetzliche Tragödie, die sich im Umfeld des Heiligenberges abspielte, als beendet betrachten. Da wir von der Richtigkeit der bei Hellanikos geschilderten Umstände – so schwer dies zu Beginn unseres entmythologisierten 20. Jahrhunderts auch auszusprechen ist – überzeugt sind und dies auch durch die friedvolle, letzte Nacht bestätigt wurde, können wir als Conclusio unserer Untersuchung Ihrer Kommission mit Erleichterung mitteilen, dass das Grauen vorüber ist.

Wir hoffen, dass Sie unsere Empfehlungen bezüglich einer eingeschränkten Aufklärung der Öffentlichkeit zur Grundlage

Ihrer entsprechenden Überlegungen machen werden. Im Glauben an einen verantwortungsvollen Umgang Ihrerseits mit dieser geradezu übermenschlichen Wahrheit verbleiben wir stellvertretend für alle anderen beteiligten Kollegen

hochachtungsvoll

Prof. Karl Hampe Prof. Friedrich von Goden"

❖

Siebtes Sitzungsprotokoll der Untersuchungskommission zu Heidelberg vom 29. Juni 1907:

„WILCKENS: Nun, meine Herren, ich weiß kaum, wie ich die Erleichterung und Freude beschreiben soll, die mich an diesem Vormittag erfüllt.

Die entsetzliche Heimsuchung durch die unterweltlichen, geisterhaften Lästrygonen ist seit vorletzter Nacht erwiesenermaßen vorüber.

SCHANZ: Ja, es ist fast zu schön, um wahr zu sein. So unvermittelt, wie das Grauen begann, endete es auch.

Die Analyse und das Resultat des Abschlussberichts sind völlig schlüssig und nachvollziehbar, gerade vor dem Hintergrund des realen Ereignisverlaufs. Ich denke, der Fall Heidenloch ist abgeschlossen.

VOGLER: In der Tat, alle noch so rätselhaften Fragen der dramatischen letzten Tage sind befriedigend beantwortet worden. Da wir den Fall also fraglos als beendet betrachten können, bleibt noch zu regeln, was wir als verantwortliche Kommission abschließend – denn ich sehe mittelfristig keinen weiteren, konkreten Handlungsbedarf – zu tun haben.

LAMERS: Nun, da wäre vor allem die Rückführung der Bewohner von Handschuhsheim und Neuenheim und die Zurückstellung der Großraum-Evakuierung.

Vogler: Ja, was die in Vorbereitung befindliche Räumung des Großraums Heidelberg anbelangt, so möchte ich im Hinblick auf den enormen Planungs- und Kostenaufwand nicht nur eine Zurückstellung, sondern die komplette Einstellung unseres diesbezüglichen Vorhabens vorschlagen.

Wilckens: Ja, ich denke auch, dass wir diesen Plan ohne Gefahr aufgeben können und sollten. Für mich erscheinen die wissenschaftlichen Resultate gerade vor dem Hintergrund der ereignislosen letzten Nacht sehr glaubwürdig. Alle Einzelheiten der Analyse sind vollkommen überzeugend und in sich schlüssig, sodass auch an der exakt bemessenen Zeitspanne von sieben Nächten, die den Lästrygonen zur Verfügung stehen – beziehungsweise standen –, nicht zu zweifeln ist.

VOGLER: Gut, ich sehe, wir sind hier einer Meinung. Ich werde also im Anschluss an unsere Sitzung den von Innen- und Kriegsministerium eingerichteten Planungsstab davon in Kenntnis setzen, dass die vorgesehene Evakuierung des Großraums glücklicherweise hinfällig geworden ist.

WILCKENS: Herr Vogler, ich möchte Sie bitten, bei dieser Gelegenheit allen Beteiligten in Karlsruhe meinen herzlichen Dank auszusprechen. Die prompte und rückhaltlose Unterstützung der beiden Badischen Ministerien war keinesfalls selbstverständlich, sondern ist vielmehr ein Beleg für eine außergewöhnliche Hilfs- und Handlungsbereitschaft.

Der zweite wichtige Punkt, den wir zu regeln haben, ist die Rückführung der evakuierten Bewohner der beiden Teilgemeinden.

SCHANZ: Nun, was die Evakuierung von Handschuhsheim und Neuenheim anbelangt, so gibt es meines Erachtens nicht viel zu überlegen. Es ist klar, dass diese Maßnahme umgehend beendet wird. In diesem Sinne werden wir noch heute Mittag mit dem Rücktransport der Bewohner beider Gemeinden beginnen.

WILCKENS: Gut, das bedeutet, dass wir am Nachmittag hinsichtlich unserer Maßnahmen wieder den Ausgangszustand erreicht haben werden. Damit wird sich der Kreis dann geschlossen haben.

Herr Schanz, Herr Lamers, Sie haben mir vor der Sitzung kurz berichtet, Sie seien heute Morgen noch einmal auf dem Heiligenberg gewesen. Was war Ihr Eindruck?

SCHANZ: Ja, heute Morgen nach unserem Treffen sind Herr Lamers und ich mit zwei weiteren Kollegen zum Heidenloch hochgefahren. Was dabei gerade mir, der ich ja die triste Öde und Verlassenheit des Berges in den letzten Tagen oft hatte wahrnehmen müssen, noch einmal auffiel, waren die zurückgekehrten Tiere. Unzählige Vögel, ein Eichhörnchen und sogar ein Kaninchen konnte ich in ihrem fröhlichen und lebendigen Treiben beobachten. War für mich allein dieses klare Zeichen schon ein hinreichend positives und Hoffnung machendes Signal, so waren wir aber auf Herrn Lamers' Wunsch nicht zuletzt deshalb gekommen, um seiner Skepsis und Beweisgläubigkeit die Möglichkeit einer unwiderlegbaren Verifikation zu schaffen.

Vogler: Wie soll ich das verstehen?

Lamers: Ich sage es ganz ehrlich: Im Grunde glaube ich schon, dass wir nichts mehr zu befürchten haben. Ich vertraue den zwar unglaublichen, aber fundierten Forschungsergebnissen der Wissenschaftler. Was ich aber trotzdem für meine Seelenruhe benötige, ist ein unwiderlegbarer Beweis dafür, dass wirklich kein Lästrygone mehr den düsteren Schacht emporsteigt.

Was ich mir daher heute Morgen überlegt habe, war eine Art Versiegelung ihres Ausgangs aus der Unterwelt, sodass jegliches Verlassen des Heidenlochs im Nachhinein bemerkbar sein würde.

Schanz: Wir haben dementsprechend ein recht engmaschiges und starkes Netz straff über das obere Schachtende des Heidenlochs gespannt und es zum einen mit Eisenstiften an der Umfassungsmauer befestigt und zum anderen mit langen Eisenhaken tief im Erdreich verankert. Auf diese Weise muss das Netz gewaltsam zerrissen werden, wenn man hindurch gelangen will.

Morgen früh werden wir also in jedem Fall einen zusätzlichen, unzweifelhaften Beweis für unser aller Hoffnung besitzen.

Lamers: Ich möchte es noch einmal sagen: Für mich persönlich ist diese Maßnahme unverzichtbar, da ich mich als einen Gesinnungsgenossen jenes ungläubigen Thomas betrachten muss, der nur von dem überzeugt sein kann, was auf der Grundlage überprüfbarer Fakten beweisbar ist. Nur anhand eines solchen Verfahrens kann ich wirklich beruhigt davon ausgehen, dass die Schreckenszeit der grausigen Lästrygonen vorüber ist.

Wilckens: Das kann ich sehr gut nachvollziehen; ich denke, ein leichtes Misstrauen beschleicht bisweilen noch jeden von uns, auch wenn wir dies nicht so offen bekennen. Wie könnte man auch mit unerschütterlicher Überzeugung an das Ende eines Grauens glauben, dessen wahre Gestalt selbst schon unglaublich ist.

Vogler: Nichtsdestotrotz dürfen und sollten wir optimistisch sein, denn sowohl die realen Fakten als auch die theoretischen Forschungsergebnisse sprechen eine eindeutige Sprache. Ich denke, wir können uns, ohne dadurch leichtfertig zu handeln, auf diese Belege verlassen. Für mich jedenfalls ist der Fall Heidenloch ohne Zweifel abgeschlossen.

Wilckens: Ich sehe das ähnlich. Die friedliche Nacht und die zurückgekehrten Tiere beweisen vollkommen ausreichend die von den Wissenschaftlern gefundene und bestätigte Angabe jenes Hellanikos. Die Zeit der lästrygonischen Heimsuchung liegt endgültig hinter uns – und das für die nächsten tausend Jahre.

Lamers: Gut, ich sehe das im Prinzip ja auch so, aber lassen Sie mir einfach diesen letzten Beweis.

Vogler: Natürlich, den will Ihnen ja auch keiner absprechen. Im Gegenteil, ich werde selbst noch um einiges besser schlafen können, wenn auch dieser letzte Test in unserem Sinne erfolgreich endet – mit einem makellosen Netz.

Nun, ich denke, wir können eigentlich die Arbeit unserer Kommission als beendet betrachten. Oder was ist Ihre Meinung, Herr Wilckens?

Wilckens: Ja, ich glaube auch, dass unsererseits kein weiterer konkreter Planungs- und Handlungsbedarf besteht. Wir haben alle entscheidenden Punkte erörtert, die einer praktischen Regelung bedurften.

Abschließend bleibt von meiner Seite allerdings noch eine schwierige Frage zu klären, nämlich die des öffentlichen Umgangs mit dem gesamten tragischen Ereignis. Ich schließe mich voll und ganz der weitsichtigen Empfehlung der Wissenschaftler an, dass wir die wahren Hintergründe des Dramas nicht publik machen sollten, sondern allenfalls eine halbwahre, doch zumindest plausible Erklärung abgeben sollten. Die Ungeheuerlichkeit und der übernatürliche Charakter der Wahrheit lassen meines Erachtens keinen anderen Schluss zu, als dieses Wissen vor der Öffentlichkeit zu verbergen.

Vogler: Richtig, vor allem hätte eine schonungslose, öffentliche Aufklärung uneinschätzbare Stimmungen in der Bevölkerung zur Folge, die eventuell zu unkalkulierbaren Reaktionen führen könnten.

Ich muss sagen, auch ich glaube, dass die gegenwärtige Akzeptanz für eine so ungeheuerliche und alles revolutionierende Wahrheit nicht sehr groß ist. Selbst das so genannte Bildungsbürgertum wäre diesbezüglich in weltanschaulicher wie in religiöser Hinsicht schlichtweg überfordert.

Ich habe vor unserer Sitzung bereits mit dem Innenminister telefonisch speziell die Frage des öffentlichkeitsrelevanten Umgangs mit der erschütternden Wahrheit besprochen. Er ist in dieser Frage auf das Entschiedenste der Meinung der Wissenschaftler und empfiehlt, die lückenlose, wahrhafte Offenlegung auf unbestimmte Zeit zu vertagen. Die sozialen, gesellschaftlichen und intellektuellen Gegebenheiten ließen uns gegenwärtig keine andere Wahl.

Wilckens: Gut, ich schlage also vor, dass wir noch heute eine offizielle Erklärung verfassen und diese an die Zeitungen und die lokalen Anzeiger weiterleiten. Darin müssen zumindest die Fakten genannt werden, die sich ehedem nicht unter den Tisch kehren lassen, also die nächtlichen Angriffe, die Opfer und Verwüstungen. Darüber hinaus aber muss die schreckliche Wahrheit abgewandelt werden in ein vergleichsweise harmloseres Erklärungsmuster. Außerdem sollte der Schwerpunkt der Erklärung vor allem auf der Betonung der endgültigen Beendigung der Schreckensperiode liegen.

Schanz: Ja, wir müssen die Frage nach der Identität und dem Motiv des Täters möglichst weit in den Hintergrund rükken. Natürlich muss der Öffentlichkeit ein Täter geliefert werden, zumal es nicht wenige Augenzeugen gibt. Aber man kann sich ja darauf beschränken, von rätselhaften Riesenwesen zu sprechen, die unterirdisch in Höhlen gelebt hätten, in einem mehrtägigen Blutrausch die Bevölkerung angegriffen hätten und zuletzt durch massive Großeinsätze der Polizei restlos vernichtet worden seien. Das Ganze müsste natürlich eleganter formuliert werden.

Lamers: Aber damit bliebe in der Öffentlichkeit doch die nagende Frage, was es mit diesen übernatürlichen Wesen auf sich hat. Verstehen Sie – es bestünde nach wie vor Erklärungsbedarf.

Wilckens: Den man dann aber ins Leere laufen lassen könnte, indem man eingesteht, nicht genau zu wissen, um was es sich da gehandelt habe. Wir bekennen ganz offen, dass wir diese Frage nicht beantworten können. Das ist in jedem Fall besser und sogar glaubwürdiger als die Wahrheit selbst oder als irgendwelche konstruierten Lügengeflechte, die ebenfalls hinterfragbar wären. Wie gesagt, der Tenor muss auf dem Ende des Schreckens liegen. Die Bevölkerung muss in erster Linie beruhigt werden, auch wenn die Erklärung als unbefriedigend aufgefasst wird.

In welche Richtung sich dann Gerüchte und Vermutungen entwickeln werden, sollte uns nicht weiter besorgen. Das ist in keinem Fall zu vermeiden. Die Leute werden munkeln und tratschen, doch ich kann darin keine ernsthafte Gefahr sehen. Auf die Spur der Wahrheit würden sie ja nur gelangen durch die Indiskretion eines eingeweihten Polizeibeamten oder eines der Wissenschaftler. Für die Verschwiegenheit letzterer lege ich meine Hand ins Feuer.

Lamers: Wir haben unseren Polizeikräften ebenfalls unter Androhung disziplinarischer Strafen eine umfassende Schweigepflicht auferlegt. Außerdem ist keinem von diesen der wissenschaftliche Bericht zugänglich gemacht worden, sodass die wahren Hintergründe auch hier unbekannt sind.

Wilckens: Gut, ich denke, wir sind einer Meinung. Ich werde also die Abfassung einer solchen Erklärung und die Veröffentlichung umgehend veranlassen. Herr Lamers, Sie sollten auch dafür Sorge tragen, dass Ihre Beamten die Erklärung ebenfalls verinnerlichen, damit sie bei Fragen aus der Bevölkerung entsprechend passende Antworten geben.

Lamers: Ja natürlich. Von offizieller Seite muss ein einheitliches Erklärungsmuster eingehalten werden; Widersprüche wären ganz fatal.

Insgesamt hoffe ich ja auch, dass die Menschen all jene schrecklichen Vorkommnisse langsam aus den Augen verlieren werden, und dass das öffentliche Interesse entsprechend verblassen wird. Dies ist wie ein ungeschriebenes Gesetz menschlichen Verhaltens: Nach einer gewissen Zeit lösen sich alle Kulminationspunkte der öffentlichen Aufmerksamkeit stillschweigend in Luft auf oder werden durch neue abgelöst.

Was allerdings die Familien der tragischen Opfer anbelangt, so denke ich, dass hier verständlicherweise nicht so bald das Vergessen einsetzen wird. Für die bemitleidenswerten Angehörigen wird der Tod ihrer Verwandten ein unerklärliches Mysterium bleiben, das sie ohne erkennbaren und nachvollziehbaren Grund und Sinn heimgesucht hat.

Wilckens: Ich werde den Angehörigen der Opfer in den nächsten Tagen noch persönlich mein Beileid aussprechen.

Vogler: Was wird – eine schlichte, aber nahe liegende Frage – mit dem Heidenloch auf längere Sicht? Sollen wir ein Zuschütten oder gar eine Sprengung ins Auge fassen oder letztlich alles beim Alten belassen?

Schanz: Wir sollten auch diese Frage zurückstellen wie im Falle der Offenlegung der wahren Hintergründe. Vielleicht sind spätere Erkenntnisse dazu angetan, hier eine klare Entscheidung treffen zu können. Bis dahin muss nichts überstürzt werden – erlauben Sie mir die saloppe Formulierung: Wir haben tausend Jahre Zeit.

LAMERS: Ich denke, das ist richtig. Da wir die Wahrheit über die Lästrygonen akzeptiert haben, besteht kein Grund zur Eile, da die Bedrohung für lange Zeit von uns genommen ist.

Vielleicht sollte man eines Tages eine gutausgerüstete Expedition in die unterirdische Höhlenwelt ins Auge fassen, doch ich sage ganz ehrlich: Ich wollte nicht dabei sein müssen.

WILCKENS: Um noch bei den vagen Mutmaßungen zu bleiben – vielleicht findet sich auch eines Tages ein Weg, Zeus' Bann der entsetzlichen Wiederkehr der Lästrygonen aufzuheben, auf dass sie nie mehr das unterweltliche Schattenreich verlassen werden.

Doch genug der Spekulationen. Meine Herren, ich glaube, wir sind am Endpunkt unserer Arbeit angelangt. Soweit ich sehe, haben wir alle organisatorischen Fragen beantwortet. Herr Lamers wird uns beizeiten sicherlich noch das Ergebnis seiner speziellen, zusätzlichen Beweisfindung mitteilen. Ansonsten denke ich, ist alles gesagt und getan.

Meine Herren, ich möchte mich abschließend auf das Herzlichste bei Ihnen allen bedanken für Ihre aufopferungsvolle Arbeit in dieser Kommission, aber auch für all Ihre anderen Anstrengungen im Verlaufe dieser tragischen Geschichte. Sie alle haben viel Mut und eine außergewöhnliche innere Festigkeit bewiesen. Ich denke, wir haben in bestem Wissen alles getan, was in unseren Kräften stand.

Ich wünsche Ihnen alles Gute für Ihre Zukunft und hoffe auf ein baldiges Wiedersehen – dann allerdings unter weitaus angenehmeren Umständen."

❖

Schreiben des Oberbürgermeisters der Stadt Heidelberg, Dr. Carl Wilckens, an Ministerialrat Gustav Vogler im Innenministerium des Großherzogtums Baden zu Karlsruhe vom 1. Juli 1907:

„... möchte ich Ihnen – gleichermaßen als eine Art Abschluss der Arbeit unserer Kommission – berichten, wie die Beweissuche des ‚ungläubigen' Polizeidirektors Lamers letztlich ausgefallen ist.

Sowohl gestern als auch heute Morgen haben Herr Lamers und Inspektor Schanz den Zustand des Netzes über dem oberen Schachtende geprüft. Voller Erleichterung und Zufriedenheit konnten sie in beiden Fällen feststellen, dass das gespannte Netz in keiner Weise beschädigt war. Der von Herrn Lamers herbeigesehnte Beweis ist damit erbracht – die Lästrygonen haben das Schattenreich nicht mehr verlassen.

Wir haben heute sodann folgerichtig die allgemeine Zugangssperre wieder aufgehoben, die noch für den gesamten Bereich um den Heiligenberg galt. Zuvor hatte das örtliche Forstamt schon gestern mit den Aufräumarbeiten im Wald auf dem Bergrücken und am westlichen Hang begonnen.

Aus Handschuhsheim kann ich Ihnen berichten, dass – abgesehen natürlich von den unmittelbar Betroffenen – das gewohnte Alltagsleben die meisten Bewohner bereits wieder eingeholt hat. Als ich heute den Angehörigen der tragischen Opfer der Schreckensnacht einen Kondolenzbesuch abstattete, besichtigte ich auch die arg beschädigten Häuser am südöstlichen Ortsrand. Erfreut sah ich das geschäftige Treiben vieler Handwerker und Hausbesitzer, die mit Reparatur und Wiederaufbau beschäftigt waren. Die Stadt hat den Geschädigten und den Angehörigen der tragischen Opfer finanzielle Unterstützung zugesichert.

Zu meinem Erstaunen wurde ich nur von wenigen Bürgern konkret auf die entsetzlichen Vorkommnisse angesprochen. Ich antwortete zumeist ausweichend mit der Zusicherung, dass alle Gefahr vorüber sei, und verwies natürlich auf die offizielle Erklärung, die wir gestern über die hiesigen Zeitungen hatten verbreiten lassen. Darin war weitestgehend das zu lesen, was wir ja auf unserer letzten Kommissionssitzung besprochen hatten. Die Reaktionen in der Bevölkerung hierauf reichten von Irritation über Ratlosigkeit bis hin zu Fassungslosigkeit. Ernsthafte Panik oder Hysterie waren aber glückerlicherweise nicht zu beobachten, wie wir es uns ja auch erhofft hatten. Die Erklärung reichte offenbar aus, um den dringlichsten Aufklärungsbedarf bei den Bürgern abzudecken. Zweifellos kursieren daneben natürlich, gerade in Handschuhsheim, viele Gerüchte, die auch kaum zu vermeiden waren, die aber bei aller Fantasie der Menschen nicht annähernd an die schreckliche Wahrheit herankommen.

Herr Vogler, ich will mich bei dieser Gelegenheit zuletzt nochmals ganz herzlich bei Ihnen bedanken. Sie haben ohne zu zögern unseren damaligen Hilferuf aufgegriffen und sich mit uns auf eine entsetzliche Erfahrung eingelassen. Wir alle, die wir die unglaubliche Wahrheit kennen gelernt haben, müssen persönlich einen Weg finden, mit diesem schrecklichen Wissen zu leben. Ich wünsche Ihnen, dass Ihnen dies gelingen wird und verbleibe mit freundschaftlichem Gruß

hochachtungsvoll
Dr. Carl Wilckens
Oberbürgermeister“

Epilog

Ein trügerischer Frieden

Zweiundneunzig Jahre sind vergangen seit den schrecklichen Ereignissen, die jene unscheinbare, graue Aktenmappe in unsere Gegenwart überliefert hat. Ich bin meiner Verantwortung gerecht geworden, indem ich diesen Archivfund hiermit der Öffentlichkeit überreicht habe. Es ist nun an der Zeit, sich mit der unglaublichen Wahrheit auseinander zu setzen und sich der folgenreichen Aufgabe zu stellen, Antworten zu suchen, die noch immer jenseits unserer heutigen Vorstellung liegen.

Doch damit nicht genug. Ging die Kommission in ihrer letzten Sitzung noch von einer tausendjährigen Zeitspanne aus, in der man in aller Ruhe würde abwägen und reagieren können, so muss ich heute sagen, dass dies höchstwahrscheinlich ein Trugschluss war und dass diese lange Periode vermeintlichen Friedens alles andere als sicher ist. Vielmehr ist ein rasches und entschlossenes Handeln notwendig.

Denn nachdem ich die Akte von 1907 studiert hatte, stieß ich durch einen neuerlichen Zufall – schon der Archivfund war nichts anderes gewesen – auf eine Spur, an deren Ende sich ein schrecklicher Verdacht aufwarf.

Nach der aufwühlenden Lektüre hatte sich mir die Frage gestellt, warum der Fall Heidenloch so spurlos in Vergessenheit geraten konnte. Wie wurde die brisante Akte zu einer verlorenen Archivleiche, die nur durch einen Zufall wieder entdeckt werden konnte? Meine entsprechenden Recherchen verliefen leider ergebnislos, denn der Weg der Akte war nicht mehr zu rekonstruieren. Sie musste in den Wirren der beiden Weltkriege archivarisch verloren gegangen sein und mit ihr auch das Wissen um die Ereignisse des Jahres 1907. Auch über die damaligen Protagonisten, die Mitglieder der Kommission, war leider nicht weiterzukommen. Um es vorwegzunehmen: Ich habe keine Antwort auf diese Frage gefunden.

An Stelle dessen aber stolperte ich am folgenden Tag bei der Lektüre der aktuellen Rhein-Neckar-Zeitung über eine kurze Meldung, die mich augenblicklich erschauern ließ und den Anstoß zu weiteren Nachforschungen gab. Darin hieß es in wenigen Worten, dass die Informationsstätte Heidenloch, die man vor wenigen Jahren in Form einer kleinen Schutzhütte über dem Schacht errichtet hatte, bis auf weiteres für Besucher geschlossen sei. Anlass hierfür sei die ungeklärte mutwillige Zerstörung des Schutzgitters, das zur Sicherheit am oberen Schachtende angebracht worden sei. Im letzten Satz wurde schließlich noch lapidar und beiläufig erwähnt, dass die Rhein-Neckar-Zeitung in den letzten Jahrzehnten ja schon des Öfteren über Merkwürdiges – die Formulierung hatte einen eher heiteren Tenor – vom Heiligenberg berichtet habe.

War die Meldung selbst schon beunruhigend genug – meine Fantasie entwarf sogleich schreckliche Bilder –, so veranlasste mich gerade der letzte Satz, in älteren Jahrgängen der Zeitung zu suchen. Schließlich stieß ich auf einen längeren Artikel vom September 1964, der mich schockierte und entsetzte, denn er zerstörte die beruhigende Sicherheit einer tausendjährigen Ruhe. Die Rhein-Neckar-Zeitung berichtet darin über einen rätselhaften Kriminalfall aus Heidelberg, nämlich das ungeklärte Verschwinden zweier Männer im Frühjahr 1964. Ich gebe den Text im Folgenden im Originalwortlaut wieder, sodass sich der Leser selbst ein Urteil darüber bilden kann, ob meine dramatischen Schlussfolgerungen nur meiner überreizten Fantasie entspringen oder aber in der Tat begründet sind.

„Spurlos verschwunden – Ermittlungen in beispiellosem und rätselhaftem Kriminalfall ergebnislos eingestellt. Hauptzeuge fantasiert von Riesenwesen.

In einer gemeinsamen Erklärung an die Presse haben Polizei und Staatsanwaltschaft der Stadt Heidelberg am Dienstag bekannt gegeben, dass die Ermittlungen im Fall der vermissten Dieter F. und Gerd K. bis auf weiteres eingestellt werden. Nach einem halben Jahr intensiver Untersuchungen ist es nicht gelungen, Licht in das Dunkel dieses mysteriösen Falls zu bringen.

Der abschließende Sachstand der Ermittlungen lautet: Dieter F. und Gerd K. gelten seit dem 27. März 1964 als spurlos verschwunden. Weder die Ereignisse dieses schicksalhaften Tages noch der Verbleib der beiden Männer konnte aufgeklärt werden. Auch nachträglich vernommene Zeugen, die sich auf Grund der in den Medien verbreiteten Aufforderung meldeten (Rhein-Neckar-Zeitung vom 6. April 1964), lieferten keinen entscheidenden Hinweis.

Im Zentrum der Ermittlungen stand allerdings von Anfang an ein unmittelbarer Augenzeuge, auf dessen Aussage die ganze Hoffnung beruhte. Es handelt sich hierbei um den Bruder von Gerd K., den 43-jährigen Jürgen K., der an jenem Tag mit den beiden Männern bis zuletzt zusammen war. Mit großer Sicherheit wurde er direkter Zeuge der Ursache oder des Verbrechens, das zum Verschwinden der Männer führte. Seine Aussage allein könnte den Fall aufklären. Doch Jürgen K. befindet sich seit jenem Unglück in einem Zustand geistiger Verwirrung; er lebt heute in der Psychiatrischen Landesklinik in Wiesloch. Mehrere Vernehmungsversuche mussten ergebnislos abgebrochen werden, da Jürgen K. auf konkrete Fragen zu den Ereignissen des 27. März mit surrealen Fantasiegebilden antwortete, die in keiner Form verwertbar waren. Die Psychologen und Gutachter attestierten in diesem Zusammenhang einen schizoiden Verdrängungsmechanismus als unmittelbare Folge eines seelischen Schocks.

Wie die Ermittlungsbehörden in ihrer Presseerklärung darlegen, lässt sich der Ablauf des Falls folgendermaßen rekonstruieren. Die drei Männer, Dieter F. und die Brüder Gerd und

Jürgen K., die sich schon lange kannten und enge Freunde waren, hatten an diesem Tag von Heidelberg aus eine lange Rundwanderung durch den südwestlichen Odenwald gemacht und befanden sich am Abend gegen etwa zwanzig Uhr dreißig kurz vor ihrer Heimkehr auf dem Philosophenweg. Dies ist durch mehrere Zeugen belegt, zuletzt durch die Aussage zweier Spaziergänger, die die drei zu diesem Zeitpunkt in Höhe der kleinen Aussichtskanzel gesehen haben, auf der ein Gedenkstein für Liselotte von der Pfalz steht. Von diesem Moment bis zum

Erscheinen des unter Schock stehenden Jürgen K. in der Hirschgasse um kurz nach einundzwanzig Uhr gibt es keine gesicherten Angaben.

Mehrere Anwohner der oberen Hirschgasse hörten die Schreie und Rufe des Mannes, der, immer wieder innehaltend und in panischer Angst um sich blickend, die Straße in Richtung Neckar hinablief, wobei er mehrere Male stolperte und stürzte. Jürgen K. wurde schließlich von drei Bürgern aufgegriffen, die erfolglos versuchten, ihn zu beruhigen, und zuletzt die Polizei alarmierten. Laut Zeugenaussagen wirkte er äußerst angstvoll und verzweifelt, wobei er unverständliches Gestammel und hysterische Schreie von sich gab.

Aus dem privaten Umfeld erfuhr die Polizei noch am selben Abend, dass die drei Männer gemeinsam unterwegs gewesen waren. Nachdem auch am folgenden Tag kein Lebenszeichen von Dieter F. und Gerd K. zu erkennen war, nahm die Polizei ihre Ermittlungen auf. Als deutlich wurde, wo die Männer verschwunden sein mussten, begann man, das Gebiet des östlichen Philosophenwegs gründlich zu durchkämmen. Die Spurensicherung ergab, dass in der Nähe der so genannten Hölderlin-Anlage eine Art Kampf stattgefunden haben musste. Das Unterholz hangaufwärts neben dem Weg war zertreten und verwüstet; außerdem waren deutliche Blutspuren vorhanden. Doch es konnten keine Waffen oder sonstige verwertbare Spuren entdeckt werden. Trotz fieberhafter Suche konnten auch die beiden Männer selbst bis heute nicht gefunden werden.

In dieser ausweglosen Situation entschied die Staatsanwaltschaft, den Versuch zu unternehmen, Jürgen K. als Zeugen zu vernehmen. Er war und ist wohl der Einzige, der das Rätsel lösen könnte. Doch seine Aussagen sind nicht verwertbar, da er in einer Art Wahnzustand schwebt und dementsprechend verzerrte, surreale Schilderungen des Geschehens gab. So berichtete er, dass die drei Männer bei der Hölderlin-Anlage von zwei düsteren, schemenhaften Riesenwesen angegriffen worden seien, die plötzlich vom Hang auf den Weg hinunter gerannt waren. Sie seien über drei Meter groß gewesen und hätten über übermenschliche Kräfte verfügt. Wie gelähmt und tatenlos habe er mitansehen müssen, wie sein Bruder und Dieter F. gepackt und in die Höhe gerissen wurden. Innerhalb weniger, grauenvoller Sekunden hätten die Riesen den beiden Männern das Genick gebrochen und sie so getötet. Danach habe er noch gesehen, wie sie, gleich bestienhaften Raubtieren, gierig begannen, ihre Zähne in das Fleisch der beiden Opfer zu schlagen. Dann plötzlich hätten sich die Wesen umgedreht und seien mitsamt ihrer Beute hangaufwärts gestürmt und verschwunden.

Die wahnhafte Schilderung macht deutlich, dass über Jürgen K. keine Klärung des Falls zu erreichen war und ist. Die Ermittlungsbehörden haben dementsprechend ihre Arbeit eingestellt, zumal nun nach einem halben Jahr keine entscheidenden Zeugen oder Spuren mehr zu erwarten sind. Die Heidelberger Kriminalgeschichte ist somit um ein mysteriöses Rätsel reicher."

Soweit der Zeitungsartikel vom September 1964. Ich denke, ich brauche nicht eigens zu betonen, dass mir bei der Lektüre der Atem stockte. Fassungslos und entsetzt war ich vom ersten Augenblick an davon überzeugt – und bin es noch –, dass die hier als wahnhaft bezeichnete Schilderung des Jürgen K. der Wahrheit entsprochen haben muss. Vor dem Hintergrund der Akte aus dem Jahr 1907 kann es gar keine andere Interpretation geben. Dazu passt die Aussage einfach zu perfekt in das Schema des lästrygonischen Grauens, von dem Jürgen K. mit Sicherheit keine Kenntnis gehabt haben konnte. In diesem Fall an einen Zufall glauben zu wollen, ist – so absurd das klingen mag – vollkommen unrealistisch.

Die Konsequenzen dieser Erkenntnis sind schockierend und bedrohlich, folgt daraus doch, dass das beruhigende, tausendjährige Intervall der lästrygonischen Heimsuchung durchbrochen wurde. Die von der Kommission des Jahres 1907 noch beschworene Sicherheit und großzügig bemessene Reaktionszeit ist offenbar hinfällig. Aus unbekanntem Grund ist es den

Lästrygonen im Jahre 1964 gelungen, ungeachtet des göttlichen Banns die Unterwelt außerhalb ihrer eingeräumten Frist zu verlassen und zwei Opfer als Beute mit sich davonzutragen. Vielleicht war dieser „außerplanmäßige" Auftritt ja sogar nicht einmal der einzige, den es im Laufe der Jahrhunderte gegeben hat? Wer weiß, was eine entsprechende Untersuchung der Heidelberger Kriminalgeschichte ans Licht fördern würde. Vor diesem Hintergrund kommt natürlich auch der aktuellen Kurzmeldung aus der Rhein-Neckar-Zeitung eine möglicherweise entsetzliche Bedeutung zu. Auch ohne einen handfesten Beweis erbringen zu können, lässt sich die gewaltsame Öffnung des Schutzgitters dementsprechend in eine grauenvolle Richtung hin interpretieren.

Natürlich stellt sich da die Frage, auf welche Weise die Lästrygonen Zeus' Bannspruch umgehen konnten. Die wissenschaftliche Untersuchung von 1907 schloss eine solche Möglichkeit ja vollkommen aus, zumal auch die historischen und literarischen Quellen, die damals herangezogen wurden, zweifelsfrei und ausschließlich von einem tausendjährigen Rhythmus berichteten.

Und doch wurde damals eine kleine Passage, ein kurzer Satz bei der Interpretation außer Acht gelassen. Auch mir wäre er nicht weiter aufgefallen, wenn ich nach der Lektüre des Zeitungsartikels nicht nochmal genauestens die zitierten Quellen überprüft hätte. Es erschien mir nämlich unwahrscheinlich, dass eine solche Möglichkeit nicht irgendwo wenigstens angedeutet worden sei. Und siehe da, bei der Passage aus dem Werk des Gregor von Junzt, die 1907 ja den entscheidenden Hinweis geliefert hatte, war von den Wissenschaftlern ein kleiner Satz übersehen worden, der natürlich auch erst mit dem jetzigen Wissen einen schrecklichen Sinn bekam; damals hatte er noch keine Bedeutung. Er lautet: „Vereinzelt treibt der grausige Hunger sie verschlagen zu willkürlicher Jagd."

Mit diesem Satz liefert von Junzt den kausalen Hintergrund für den Fall des Jahres 1964. Ich würde ihn dahingehend interpretieren, dass die Lästrygonen listig und verschlagen jegliche Chance des Unbewachtseins nutzen, um ihrem unterweltlichen Gefängnis und Hades, ihrem Wächter, kurz zu entweichen und ihren Hunger zu stillen. Sie tun dies in kleinen Gruppen und agieren blitzschnell, damit ihr Fehlen möglichst nicht auffällt. Da sie dabei Zeus' Bannspruch missachten, brauchen sie auch die übrigen Auflagen des Gottes nicht zu beachten – das Sakrileg ist ehedem begangen. Von daher beschränken sie sich nun nicht auf die Köpfe ihrer Opfer und – das macht die Aussage des Jürgen K. unmissverständlich und schauderhaft deutlich – beginnen mit ihrer grauenvollen Mahlzeit nicht erst in den Tiefen des Heidenlochs. Für mich bilden somit die Ereignisse des Jahres 1964 und die wissenschaftlichen Ergebnisse von 1907 keinen Widerspruch, sondern sie ergänzen sich vielmehr in dramatischer Weise.

Mich schaudert angesichts der Schlussfolgerung, die sich hieraus ergibt: Was den verschlagenen Lästrygonen im Jahr 1964 – aber vielleicht ja auch schon öfter – nachweislich gelungen ist, kann bei entsprechender Gelegenheit jederzeit wieder geschehen. So ja vielleicht auch kürzlich in den letzten Tagen – eine zugegebenermaßen unbewiesene, aber für mich nicht unlogische Hypothese. Das Heidenloch ist jedenfalls nach wie vor ein offenes Einfallstor für diese grauenhaften Wesen und stellt so eine konkrete Bedrohung dar. Ich denke, es liegt klar auf der Hand, dass hier eine konkrete und rasche Entscheidung erforderlich ist, die als Resultat die endgültige Sperrung und Versiegelung der Pforte – wie auch immer dies zu bewerkstelligen ist – nach sich ziehen muss.

Meine unmittelbare Reaktion auf die erschreckenden Erkenntnisse, die ich gesammelt hatte, war anderntags eine nervöse Autofahrt Richtung Heidelberg. Als ob ich dort konkrete Spuren würde entdecken können, fuhr ich mit einer Mischung aus Angst und Neugier hoch auf den Heiligenberg. Ich war vollkommen aufgewühlt und innerlich auch zerrissen. Einerseits hoffte ich, dass sich meine schreckliche Hypothese bezüglich der Zerstörung des Schutzgitters als falsch erweisen würde, andererseits wünschte ich mir ganz im Gegenteil geradezu einen Beweis für die Richtigkeit meiner Überlegungen. In jedem Fall ging es darum, Gewissheit zu erlangen – so oder so.

Zu meiner Überraschung stellte ich fest, dass es auf dem Heiligenberg inzwischen eine Waldgaststätte, ein großes Amphitheater aus der Zeit des Dritten Reichs und einen riesigen Parkplatz gab, auf dem Autos und Reisebusse Reihe an Reihe standen. Unterbewusst war ich von jener wäldlichen Abgeschiedenheit ausgegangen, die 1907 hier geherrscht haben mag. Bei einer Begehung des Berges fand ich all jene Orte wieder, von

denen ich gelesen hatte. Da waren die beiden Klosterruinen und der Aussichtsturm; das Heidenloch dagegen suchte ich lange vergebens. Schließlich kam ich zu einer kleinen, achteckigen Hütte mit gemauerten Wänden und einem Holzdach, die eindeutig aus jüngerer Zeit stammen musste. Dies war also die Informationsstätte, die die Stadt Heidelberg über dem Heidenloch errichtet hatte. Der Zugang war durch ein schwarzes Gitter aus massivem Schmiedeeisen versperrt, sodass ich lediglich zwischen den Stäben hindurchsehen konnte. Offensichtlich war die Hütte – wie in der Kurzmeldung erwähnt – nach wie vor geschlossen. In ihrer Mitte konnte ich eine dunkel gähnende Öffnung erkennen, die von einer halbhohen Betonmauer umgeben war – zweifellos der Schacht des Heidenlochs. Der Durchmesser betrug zwischen drei und vier Metern. Das Schutzgitter beziehungsweise die Beschädigungen an ihm konnte ich von meiner Position aus nicht ausmachen. An den Innenwänden der Hütte waren Tafeln angebracht, die offenbar zur Information der Besucher dienen sollten. Auf Grund der Entfernung und des Halbdunkels im Inneren der Hütte konnte ich ihren Inhalt aber nicht entziffern. Einerseits bedauerte ich, dass das Gittertor verschlossen war, andererseits war ich unterbewusst doch auch recht froh und erleichtert über diesen Umstand, auch wenn dies bedeutete, dass ich an dieser Stelle die erhoffte Gewissheit nicht würde erlangen können.

Wie hypnotisiert zog es meinen Blick dennoch immer wieder zu der dunklen Öffnung in der Mitte der Hütte. Ich war irritiert – dieser Ort infernalischen Schreckens machte in seiner heutigen Form einen geradezu harmlosen Eindruck. Die Hütte war einfach Teil dieser Welt der Touristen und Wanderer geworden. Umso krasser war dieser Gegensatz, als es mich beim Blick durch die Gitterstäbe zu schaudern begann bei dem Gedanken, dass tief unter mir jener Spalt klaffte, durch den die Lästrygonen aus der Unterwelt emporgestiegen waren und durch den sie erneut emporsteigen würden; unwillkürlich trat ich schnell einen Schritt zurück.

Als ich mich schließlich auf den Rückweg zu meinem Auto machte, erhielt ich doch noch ein einerseits erhofftes, andererseits mit Schrecken befürchtetes Zeichen. Neben einer Holzbank unweit der Hütte fiel mein Blick auf den Körper eines toten Vogels, der merkwürdig verdreht auf dem Waldboden lag. Als ich näher trat und ihn mit der Schuhspitze vorsichtig umdrehte, stockte mir der Atem, und der Boden unter meinen Füßen geriet ins Wanken: Der Kopf des Tieres fehlte. Auch wenn ich immer wieder versuchte, mir eine rationale Erklärung dafür zu geben, erfüllten doch unheilvolle Assoziationen meine Gedanken. Für mich war die entsetzliche Gewissheit erbracht. Ich brauche nicht zu schildern, in welche Angst und Verzweiflung mich dieses Symbol stürzte.

Mein Ausflug hat mir einmal mehr klar gemacht, wie groß die Diskrepanzen zwischen jener unfassbaren Wahrheit und unserem modernen Wirklichkeitsverständnis sind. Ich weiß nicht, wie und ob man beides in Einklang bringen kann. Es erfordert ein solches Maß an Aufgeschlossenheit und weltanschaulicher Flexibilität, dass ich nicht weiß, ob die Menschheit angesichts des modernen Zeitgeistes heute reifer ist für diese Aufgabe als im Jahre 1907.

Hinzu kommt, wie ich eingangs erwähnte, die generelle Gefahr, dass man meinen Bericht belächeln oder als Fälschung abtun könnte. Vielleicht wird mich der ein oder andere auch schlichtweg für verrückt erklären – manchmal zweifle ich in dieser Sache ja auch selbst schon an meinem Verstand. Und doch ist und bleibt die Akte ein nicht zu leugnendes Faktum. Selbst wenn man meinen eigenen Entdeckungen nicht glauben mag, so bleibt doch die Akte eine Realität und kann – wenn ein solcher Beweis vonnöten ist – auf ihre Authentizität hin überprüft werden.

Doch es ist müßig, sich über die Frage der Akzeptanz den Kopf zu zerbrechen – ich bin meiner Verantwortung gerecht geworden und kann nun nur noch hoffen. Meines Erachtens muss auf jeden Fall schnell gehandelt werden. Im Unterschied zu

1907 dürfen und können wir uns heute nicht mehr darauf verlassen, dass die verschlagenen Lästrygonen erst wieder im unvorstellbar fernen Jahr 2907 über unsere Welt hereinbrechen werden. Darauf zu vertrauen, dass meine Deutung der Ereignisse von 1964 und meine Vermutung hinsichtlich der aktuellen Geschehnisse unrichtig sein könnten, wäre fatal und unverantwortbar. Mein Appell richtet sich daher an die politischen Entscheidungsträger, nicht lange zu zögern oder zu debattieren, sondern den Schacht des Heidenlochs zu sprengen oder zuzuschütten, auf dass der Zugang versiegelt werde. Denn ich muss gestehen, dass mich jeder weitere Tag, an dem die unselige Pforte noch offen steht, in Unruhe und Angst versetzt.

Literaturhinweise

Die Bauten des Heiligenberges bei Heidelberg. In Federzeichnungen wiederhergestellt v. Kunstmaler Heinrich Hoffmann. Mit einf. Text v. Herbert Derwein. Heidelberg [1929].

Benz, Richard: Heidelberg. Schicksal und Geist. Sigmaringen ^{2}1975.

Bernhard, Jakob: Kurpfälzer Sagenborn. Heidelberg 1933.

Derwein, Herbert: Handschuhsheim und seine Geschichte. Heidelberg ^{2}1997.

Fehrle-Burger, Lili: Der Heiligenberg. Heidelbergs versunkenes Troja. In: Badische Heimat. Mein Heimatland. Sonderheft Heidelberg. 43. Jg. H. 1/2 (1962). Freiburg 1963, S. 27-52.

Frey, Fritz: Heimatkunde von Heidelberg und Umgebung. Heidelberg 1940.

Heiberger, Hans: Handschuhsheim. Chronik eines Heidelberger Stadtteils. Heidelberg 1985.

Heinemann, Günter: Heidelberg. Heidelberg ^{3}1996.

Hoffmann, Heinrich: Der Heiligenberg bei Heidelberg, die Bedeutung seiner Ruinen, veranschaulicht durch Reconstructionen wichtiger Teile. Bilder aus der Gegenwart und der Vergangenheit dieser uralten Kultstätte. O.O. [nach 1920].

Hofmann, Karl: Der Heilige Berg bei Heidelberg zur Zeit der Römerherrschaft. Heidelberg 1947.

Hookemann und Hexenritt. Sagen der Kurpfalz. Hrsg. v. Paul Schick u. Rudolf Lehr. Heidelberg ^{2}1994.

Ludwig, Renate/Marzolff, Peter: Der Heiligenberg bei Heidelberg. Stuttgart 1999.

Moers-Messmer, Wolfgang von: Der Heiligenberg bei Heidelberg. Seine Geschichte und seine Ruinen. Heidelberg [3]1987.

Schaab, Meinrad: Der Heiligenberg. In: Die Stadt- und Landkreise Heidelberg und Mannheim. Amtliche Kreisbeschreibung. Bd. II: Die Stadt Heidelberg und die Gemeinden des Landkreises. Karlsruhe 1968, S. 113-116.

Schaab, Meinrad: Geschichte der Kurpfalz. 2 Bde. Stuttgart u.a. 1988–92.

Schleuning, Wilhelm: Die Michaelsbasilika auf dem heiligen Berg bei Heidelberg. Eine baugeschichtliche Studie. Heidelberg 1887.

Schmith, Heinrich: Neuenheim. Vergangenheit einer Pfälzer Dorfgemeinde in Verbindung mit der Geschichte der Heimat. Heidelberg 1928.

Sigmund, Wilhelm: Alt-Heidelberg. Heidelberg 1950.

Sillib, Rudolf: Der heilige Berg bei Heidelberg. In: Vom Bodensee zum Main. Heimatflugblätter hrsg. v. Landesverein Badische Heimat, Nr. 11. Karlsruhe 1920, 2. erw. Aufl. 1925.

Stemmermann, P. H./Koch, C.: Der Heilige Berg bei Heidelberg. Sonderdruck aus Badische Fundberichte. 16. Jg. Heidelberg 1940.

Stemmermann, P. H.: Der Heilige Berg bei Heidelberg. In: Volk und Vorzeit. Volkstümliche Hefte für oberrheinische Ur- und Frühgeschichte. Karlsruhe 1941, H. 1-3, S. 3-12.

Publikationen aus dem Stadtarchiv

Schriftenreihe des Stadtarchivs Heidelberg, Sonderveröffentlichungen

Im Auftrag der Stadt Heidelberg herausgegeben von Peter Blum.

1 Die Voit-Orgel in der Stadthalle Heidelberg. Orgelrestaurierung – ein Beitrag zur Kulturgeschichte. Heidelberg: Brigitte Guderjahn, 1993.

2 Bauen als soziale Herausforderung. 75 Jahre Gesellschaft für Grund- und Hausbesitz mbH. Bearbeitet von Peter Hanser. Mannheim: Edition Quadrat, 1996.

3 Andrea Liebers: Spuk in Heidelberg. Mit Illustrationen von Julia Ginsbach. Heidelberg: Brigitte Guderjahn[3] 1997.

4 Neukonzeption und Gestaltung des Kurpfälzischen Museums (1967-1996). Mannheim: Edition Quadrat, 1996.

5 Heidelberger Schulgeschichte(n). Bearbeitet von Martin Krauß und Stefanie Hinz. Heidelberg: Brigitte Guderjahn, 1996.

6 Walter Mühlhausen: Christian Stock (1910-1932). Vom Heidelberger Arbeitersekretär zum hessischen Ministerpräsidenten. Heidelberg: Brigitte Guderjahn, 1996.

7 Heidelberger Altstadtbrunnen. Heidelberg: Brigitte Guderjahn, 1996.

8 Franz Werner: Hermann Helmholtz' Heidelberger Jahre (1858-1871). Berlin – Heidelberg u.a.: Springer, 1997.

9 Oliver Fink: Theater auf dem Schloß. Zur Geschichte der Heidelberger Festspiele. Heidelberg: Brigitte Guderjahn, 1997.

10 Bernd Müller: Architekturführer Heidelberg. Bauten um 1000-2000. Mannheim: Edition Quadrat, 1998.

11 Martin Schemm: Das Heidenloch. Ein fantastisch-mythologischer Roman. Heidelberg: Brigitte Guderjahn, 2000.

12 Peter Blum (Hrsg.): Pioniere aus Technik und Wirtschaft in Heidelberg. Aachen: Shaker, 2000.

Schriftenreihe des Stadtarchivs Heidelberg.
Im Auftrag der Stadt Heidelberg herausgegeben von Rudolf Benl (1-3), Diana Weber (4) und Peter Blum (5ff.).

1 Roland Vetter: Heidelberga deleta. Heidelbergs zweite Zerstörung im Orléansschen Krieg und die französische Kampagne von 1693. Heidelberg: Brigitte Guderjahn, 2. Auflage 1990.

2 Erich Thiess: Ludwig Feuerbach zwischen Universität und Rathaus oder die Heidelberger Philosophen und die 48er Revolution. Heidelberg: Brigitte Guderjahn, 1990.

3 Ernst Walz: Lebenserinnerungen. Vierzig Jahre an der Spitze der Stadt Heidelberg. Herausgegeben, eingeleitet und erläutert von Rudolf Benl. Heidelberg: Brigitte Guderjahn, 1991.

4 Inge Frese/Karl Kollnig: Medaillen pfälzischer Kurfürsten in Heidelberg. Heidelberg: Brigitte Guderjahn, 1992.

5 Das „Goldene Buch" des KFG. Autobiographien Heidelberger Pädagogen (1812-1939). Transkribiert und redigiert von Wolf Übel. Heidelberg: Brigitte Guderjahn, 1994.

6 Frauen*gestalten.* Soziales Engagement in Heidelberg. Heidelberg: Brigitte Guderjahn, 1995.

7 Michael Braun: Emil Mayer (1876-1932). Eine politische Biographie. Heidelberg: Brigitte Guderjahn, 1997.

Buchreihe der Stadt Heidelberg.
Im Auftrag der Stadt Heidelberg herausgegeben von Rudolf Benl (1-3) und Peter Blum (4ff.).

1 Harald Pfeiffer: Heidelberger Musikleben in der ersten Hälfte des 19. Jahrhunderts. Heidelberg: Brigitte Guderjahn, 1989.

2 Harald Drös: Heidelberger Wappenbuch. Wappen an Gebäuden und Grabmälern auf dem Heidelberger Schloß, in der Altstadt und in Handschuhsheim. Heidelberg: Brigitte Guderjahn, 1991.

3 Leena Ruuskanen: Der Heidelberger Bergfriedhof. Kulturgeschichte und Grabkultur. Ausgewählte Grabstätten. Heidelberg: Brigitte Guderjahn, 1992.

4 Frieder Hepp: Religion und Herrschaft in der Kurpfalz um 1600. Aus der Sicht des Heidelberger Kirchenrats Dr. Marcus zum Lamm (1544-1606). Heidelberg: Brigitte Guderjahn, 1993.

5 Friederike Reutter: Heidelberg 1945-1949. Zur politischen Geschichte einer Stadt in der Nachkriegszeit. Heidelberg: Brigitte Guderjahn, 1994.

6 Geschichte der Juden in Heidelberg. Heidelberg: Brigitte Guderjahn, 1996.

7 Pädagogium – Lyceum – Gymnasium. 450 Jahre Kurfürst-Friedrich-Gymnasium zu Heidelberg. Heidelberg: Brigitte Guderjahn, 1996.

8 Anja-Maria Roth: Charles de Graimberg (1774-1864). Denkmalpfleger, Sammler, Künstler. Heidelberg: Brigitte Guderjahn, 1999.

Bildbände unter Beteiligung des Stadtarchivs Heidelberg.

1 Beate Zerfaß: Heidelberg wie es früher war. Gudensberg: Wartberg, 1996.

2 Peter Blum: Leben in Heidelberg. Erfurt: Sutton, 1997.

3 Peter Blum: Motorisierung in Heidelberg 1886 bis 1935. Erfurt: Sutton, 1998.